www.tredition.de

Eine Hommage an den bayerischen Dialekt, der mich neun Jahre meines Lebens begleitet hat und mich mit Erinnerungen an feuchtfröhliche Feste und liebe Menschen verbindet.

Sabine Kulinski

A Brezn für Allah

Eine kleine bayerische Geschichte von neuen
Freunden und alten Feinden

www.tredition.de

© 2015 Sabine Kulinski

Umschlaggestaltung, Illustration: Sabine Kulinski, Nele Kulinski
Lektorat, Korrektorat: Birgit Borbe
Übersetzung: Barbara Lexa

Verlag: tredition GmbH, Hamburg
ISBN: 978-3-7323-7870-8
Printed in Germany

Inhaltsverzeichnis

Der Besucher

Wieder einmal nahm sich der Bürgermeister ein Herz und stapfte auf das Haus der Familie Stadlhuber zu. Heute aber war er fest entschlossen die Familie zu überzeugen, Haus und Hof an die Stadt zu verkaufen, damit endlich die Anbindung an die Schnellstraße beschlossen werden konnte, die über das Grundstück der Familie verlaufen sollte – geradewegs durch die gute Stube. Die Gemeinde brauchte ein neues Gewerbegebiet, damit Arbeitsplätze geschaffen werden konnten. Ein namhafter Architekt aus München war schon im Gespräch für die Planung des Einkaufszentrums. Die nächste Wahl stand bald an – und je länger die Pläne in der Schublade lagen, umso mehr sank die Beliebtheit des Bürgermeisters in der Gemeinde.

Das alte Haus gegenüber den Stadlhubers hatte er schon aufkaufen können. Der alte Gustl war nämlich gestorben und seine Kinder als Erben hatten an dem alten Gemäuer, zur unverhohlenen Freude des Bürgermeisters, kein Interesse. Sie lebten in der Stadt und wollten dort auch bleiben. Also musste nur noch ein Mittel gefunden werden, auch den Stadlhuber zu vertreiben – und die nächste Wahl wäre schon so gut wie gewonnen.

Bevor er an die Tür klopfte zog er noch den Rock über seinem stattlichen, strammen Leib glatt und atmete tief ein. Auf sein Klopfen hörte man von drinnen schlurfende Schritte und als die Tür von der Tochter des Hauses geöffnet wurde, zog der Bürgermeister seinen Hut und setzte sein stahlendstes Lächeln auf: „Grüaß di Gott, Annerl", grüßte er mit übertriebener Freundlichkeit. Die Angesprochene beäugte ihn misstrauisch. Von hinten hörte man jemanden fragen: „Wer is des, Annerl? Wenns der Bürgermoaster is, dera Lump, dann schmeißn glei wieda naus." „Du hast des gehört, Bürgermoaster, du bist do net willkommen", richtete ihm das Annerl wie geheißen aus. „Koit is heraußen", versuchte der es noch mal, doch das Annerl blieb stur. „Dann hock di halt wieda in dei Auto nei und mach Heizung o!"

Damit schloss sie die Tür vor seiner Nase. Nun wurde der Bürgermeister aber erst recht übellaunig, denn eigentlich hatte er gehofft, doch endlich heute dem Stadlhuber sein Angebot unterbreiten zu können. Er hatte nun nach langem Suchen eine große, helle Wohnung mit Garten im Randgebiet der Stadt gefunden, die, wie er meinte, perfekt für die Stadlhubers war. „Wos glaabts denn ihr, wia lang des do no zum Aushoitn is? Das Dach is undicht und an Hauffa Schuidn habts aa! Du werst ned jünger Stadlhuber, und irgendwann do bricht eich de ganze Hüttn unterm Hintern weg. Nacha kriagst koan Pfennig mehr dafür!"

Er hielt inne und lauschte, ob vielleicht jemand käme und die Tür öffnete. Er wusste, dass er zu weit gegangen war. Von drinnen hörte man es husten und Stimmen von Personen, die aufgeregt miteinander sprachen. Der Bürgermeister nahm eine stramme Haltung an, denn nun war erst recht Verhandlungsgeschick gefragt.

Anstatt der Tür öffnete sich aber eines der Fenster und er hörte, wie das Annerl rief: „Ned, Vater! Dafür kannst ins Gfängnis kema!" Der Bürgermeister lugte um die Ecke und hörte, wie ein Schuss in seine Richtung abgegeben wurde. „Du Lump, verschwind vo meim Land, sunst kriagst mei Bix zum spiarn!" Der Bürgermeister rettete sich noch gerade mit einem

Sprung um die Hausecke und schrie: „Du Mörder, du! Du gehörst ja in die Irrenanstalt!" „Und genau da bring i di hi!" „Versuchs doch!", rief der Stadlhuber, „wennst des schaffst, und in dei Auto neikimmst!" Der Bürgermeister sah hinüber zu seinem Auto und überlegte, wie er dorthin gelangen könne, ohne eine Ladung Schrot in den Allerwertesten geblasen zu bekommen. Geschützt im Schatten des Hauses wollte er sich unbemerkt und leise entfernen, doch der Stadlhuber hatte gute Augen. Er sah wie eine Eule. Ein weiterer Schuss ließ den Bürgermeister sich wieder nah an die Hauswand drücken. Er zog sein Taschentuch und wischte den Schweiß vom Gesicht. Verflixt, warum hatte er nicht noch jemanden mitgenommen. Einen Zeugen hätte er gut gebrauchen können. Er überlegte, wenn der Alte schon den Verstand verloren hätte, so könne er es ja wenigstens einmal mit dem Annerl versuchen. Die müsste ja doch noch einsichtiger sein.

„Annerl, überleg doch amoi, wenn dei Vater mi daschiaßn tuat, dann kommt er ins Gfängnis und der Hof wird zwangsvasteigert. Und du und der Tony, ihr derfts dann für de Schuidn vom Vater aufkemma! Dankbar werds eam dann sei, euerm Vater!" „Halts Maul, du Lump!", erwiderte der Stadlhuber. „Du host scho Kinder vom Gustl, Gott hab ihn selig, bschissn, und jetzt wuist aa uns ruiniern! Schleich di, du Zibbfegladdscha, du elendiger!" „Wenn du mi lassn daadst, daad i ja geh, aber dann muasst erst de Bixn aus der Hand legn", wandte der Bürgermeister ein. „Des könnt dir so passn", lachte der Alte verschmitzt.

Nun reichte es dem ersten Mann der Gemeinde. Er war ja schon öfter mit dem Starrsinn der Bauern überkreuz gekommen, aber immerhin war er der Bürgermeister und nun suchte er hier Schutz vor einem alten Tattergreis wie ein kleines Madl. Er sah sich im Halbdunkel nach einem Stein um und warf ihn in das Gebüsch auf der gegenüberliegenden Seite. Sofort ertönte ein Schuss und nun rannte der Bürgermeister wie ein Has´ über den Weg zu seinem Auto.

Kurz vor seinem Ziel rutschte er aus und schlug mit dem Knie gegen einen alten Karren, der an einem Pfosten lehnte. Fluchend rieb er sich das Bein, während er von Weitem hörte, wie der Stadlhuber das Gewehr erneut lud. Schnell öffnete er die Autotür und rettete sich in das schützende Innere. Seine Hand zitterte, als er den Zündschlüssel ins Schloss steckte. Mit Vollgas fuhr er über die Wiese am ehema-

ligen Haus vom Gustl vorbei und die Rücklich-
ter seines Autos verloren sich in der Dunkelheit.

Die Einsicht

Du hoist dir no an Tod, Vater", sagte das Annerl und schloss das Fenster. Der Alte legte das Gewehr auf den Küchentisch und ließ sich, hustend, in seinen Ohrensessel fallen. Der unverschämte Besuch des Bürgermeisters hatte den Alten sichtlich angestrengt. Er war nicht mehr der Jüngste und zudem wurde er diesen vermaledeiten Husten nicht los.

Er hatte diesen Bürgermeister von Anfang an nicht gemocht. Ein hinterfotziger Emporkömmling war der doch nur. Der Stadlhuber kannte dessen Familie gut. Der Vater war im Bankgeschäft tätig und als Halsabschneider bekannt. Er bewilligte Kredite, die manchen Bauern Haus und Hof kosteten. Die waren alle vom Stamme Nimm. Auch der Stadlhuber hatte mit ihm mal ein Geschäft gemacht, aber das hatte nichts mit der Bank zu tun und an die große Glocke sollte das auch nicht gehängt werden. Aber er wurde den Verdacht nicht los, gehörig aufs Kreuz gelegt worden zu sein... – aber das war eine andere Geschichte. Jedenfalls wurde des Bürgermeisters Familie Weidinger reicher und angesehener und schließlich wunderte es niemanden mehr, als der Sohn sich zur Wahl des ersten Mannes im Ort aufstellen ließ. Allerdings brauchte es auch einige Jahre, bis er es dann endlich wurde. Es wurde auch gemunkelt, dass diese Wahl nicht mit rechten Dingen vor sich gegangen sei. Niemand hatte ihn eigentlich gewählt, und trotzdem war er es dann geworden. Böse Stimmen hielten das für ein ebenso großes Wunder, wie die „Jungfrauengeburt" der Baumgartner Vroni. Die wurde immer runder und runder und da wollte es auch niemand gewesen sein.

Was den Stadlhuber aber am meisten wurmte war, dass der Bürgermeister mit seiner Schilderung nicht ganz unrecht hatte. Das Dach war undicht, und auch mit dem Finanziellen stand es nicht zum Besten. Die Arbeit war fei zu viel für das Annerl und den Tony – und er selbst konnte auch längst nicht mehr so wie vorher. Am Haus musste auch einiges getan werden. Das Annerl war ein feines Madl. Die schaffte, wie ihre Mutter selig. Die packte an, wo es nötig war. Der Tony war derjenige, der dem Stadlhuber eher Sorge machte. Beim Tony merkte man, dass der seine Zukunft nicht als

Jungbauer auf dem väterlichen Hof sah. Zwar arbeitete er mit, aber wenn es Abend war, dann führte ihn sein Weg ins Dorf, wo er mit Freunden soff und sich einen ruhigen Lenz machte. Morgens war er dann nicht zu gebrauchen. Auch die Weiber waren dem Tony lieb und teuer. Das alles gefiel dem Stadlhuber nicht, aber der Tony ließ sich auch nichts sagen.

So haderte der Stadlhuber und wusste nicht mehr, welche Entscheidung die richtige war. Der Hof war seit Generationen im Besitz der Familie und sämtliche Ahnen würden sich im Grab herumdrehen, wenn er verkaufen tät. Früher hatten sie noch viel Viehzeug auf dem Hof gehabt. Heute hatten sie nurmehr zwei Milchkühe und eine Ziege, von der niemand wusste, woher sie eigentlich gekommen war. Die Ernte war heuer auch nicht gut ausgefallen und so war Schmalhans Küchenmeister. Schulden wollte der Stadlhuber nicht machen, weil er dann, wie die anderen schon vor ihm, seinen Hof an die Bank verlieren würde. So verkaufte er, was er zu Geld machen konnte. So trennte er sich als erstes von den Viechern und dann von den meisten Möbeln. Nun hatten sie nur noch das Nötigste und es langte hinten und vorne nicht. Zum Arzt wollte er nicht gehen, weil er die Medizin nicht bezahlen konnte. Dabei hatten er und seine geliebte Resi so viel vorgehabt mit dem Hof. Es war schon recht, dass sie das Elend hat nicht mehr mitbekommen müssen. Sie starb mit nur dreiundvierzig Jahren an einer bösen Lungenentzündung. Da war nichts mehr zu machen. Sie hatte es verschleppt und dann war es zu spät gewesen. Zum Stadlhuber hatte sie nur gesagt, dass es wohl eine Allergie sei. Obwohl er ihr nicht recht geglaubt hatte, ließ er sich doch von ihr beruhigen. Und dann war es zu spät. Vielleicht wäre vieles anders gekommen, wenn die Resi nicht so früh hätt gehen müssen.

Er hing seinen Gedanken nach. „Annerl!", rief er seine Tochter. „Ja, Vater?", fragte sie. „I glaab, i werd morgn amoi zum Dokta schaun." Das Annerl atmete erleichtert auf. „Des ist guat, Vater! Schlaf guat!" „Du aa", antwortete er und ging ins Schlafzimmer hinüber.

Eine böse Überraschung

Das Wartezimmer war so voll, dass der Stadlhuber mit dem Annerl auf der zugigen Diele hocken musste. Nach einer Ewigkeit war er dann endlich dran.

Der Doktor staunte nicht schlecht, als er den Stadlhuber sah. „Ja, gibts di aa no?", fragte er. Der Stadlhuber knurrte eine unverständliche Antwort. „Na, wo drückt´s denn?", wollte der Arzt wissen. „I kriag den Husten nimmer los", antwortete der Alte und schon lieferte er den Beweis in einer rechten Hustenlawine. „Des hört sich gar ned guat o. Wie lang hast des scho?", fragte der Arzt. „Drei Monat bestimmt scho", schaltete sich das Annerl ein. „Und inda Nacht is s oft so arg, dass i denk, da Vater dastickt mir." Der Alte warf ihr einen drohenden Blick zu und das Annerl verstummte. „So, so", nickte der Arzt. „I werd di erst amoi abhörn und sehn, wos do los is!" Der Stadlhuber schob sein Hemd zum Hals hinauf und der Doktor führte das Stethoskop in alle Richtungen über die Brust und den Rücken vom Stadlhuber. Als er fertig war, nahm der Doktor die Brille ab und blickte den Stadlhuber streng an. „Da hast dir ja was Netts eigfangt. Du rasselst, wia a oide Dampflock. I schreib dir was auf, und des musst nehma. Inhalieren muasst aa. Da kann dir des Annerl helfen." Er schrieb etwas auf seinen Rezeptblock. „Und, wia teier wird der Spaß?", wollte der Stadlhuber wissen. „Die Rezeptgebühr must scho bzahln." Der Arzt blickte zur Annerl, die sich beschämt abwandte. „Da geb i dir no was mit, des kost di nix." Er griff in sein Regal und gab dem Stadlhuber eine volle Tablettenschachtel. „Davon nimmst drei am Tag! Wenn die Schachtel leer is, dann kommst wieda und i hör noch amoi, ob die Eisenbahn noch schnaufen tuat, oder ob sie wieda normal schnurrt."

Der Stadlhuber steckte die Schachtel tief in seine Jackentasche. „Und des Rauchen, des musst scho aa lassn", schob der Doktor nach und wies auf die Pfeife, die der Stadlhuber sich wieder in den Mundwinkel schob. „Die is nur noch zua Zierde do", meinte der Alte. Dass er sich den Tabak fei nicht mehr leisten konnte, verschwieg er. Er verabschiedete sich mit knappen Worten und das Annerl schloss hinter ihnen die Tür.

Mit dem Rezept in der Hand ging sie zur Apotheke am Markt, während der Stadlhuber zum Parkplatz gegenüber trottete, wo der alte VW-Bus auf ihn wartete. Ein dankbares Auto, das ihm schon viele Jahre treue Dienste erwiesen hatte. Nun konnte er froh sein, wenn er genügend Geld hatte es zu betanken. Darum nahmen sie auch nur selten das Auto. Meistens fuhren das Annerl und der Tony mit dem Radl ins Dorf. Für den Tony war das auch besser so, weil der ja auch trank. Annerl verließ die Apotheke, stieg auf der Fahrerseite ein und startete den Motor.

Der Stadlhuber saß leicht erschöpft neben ihr. Just als sie in den Weg zum Hof einbogen, sahen sie einen Kleinbus und das Auto vom Bürgermeister vor dem Gustl seinem Haus stehen. Der Bürgermeister koordinierte wichtigtuerisch die Entladung von Möbelstücken aus dem Kleinbus hinaus und in das Haus vom Gustl hinein. Den Möbeln sah man an, dass sie gebraucht waren und eigentlich hätten sie auf den Speermüll gehört. Als der Bürgermeister das Auto vom Stadlhuber herannahen sah, schien es, dass er sich noch mehr aufzuplustern begann und noch wichtiger mit den Armen fuchtelte als vorher. Der Stadlhuber und das Annerl guckten beim Vorbeifahren neugierig auf das Geschehen. Der Bürgermeister drehte ihnen demonstrativ den Rücken zu. „Wos bedeut jetzt des scho wieder", brummte der Stadlhuber. Als sie fast am Haus vorbei waren, sahen sie einen kleinen, ärmlich gekleideten Jungen, der mit ernsten, großen dunklen Augen den Stadlhuber ansah. Schon kam ein junger, südländisch aussehender Mann und rief den Jungen zu sich. Dann verschwanden beide im Haus. Dem Stadlhuber gefiel das alles gar nicht. Was da vor sich ging, konnte nicht gut sein, das wusste er. Diese Situation durfte man nicht aus den Augen lassen. Auch dem Annerl war ungemütlich zumute.

Zu Hause angekommen drängte der Stadlhuber eilig ins Haus – und wäre das Annerl nicht flink ausgewichen, hätte er sie umgerannt. Eilig suchte er in den Schubladen vom alten Küchenschrank nach etwas ganz Speziellem. Papiere landeten auf dem Boden, aber der Stadlhuber war wie im Rausch. „Kruzifix, wo is des blede Ding bloß?", murmelte er wieder und wieder. Mit einem freudigen Aufschrei zog er dann etwas von ganz unten im Schrank hervor. Es war das alte Fernglas, das er häufig genutzt hatte, als er noch auf die Jagd ging. Er wischte die Gläser rasch mit dem Zipfel seines Hemdes sauber und stürzte hinüber zum Küchenfenster, von wo aus er einen guten Blick auf das Haus vom Gustl hatte. Er drehte am Fokussier-Rad, bis er ein klares Bild hatte. Was er dann aber sah, gefiel ihm gar nicht. „Kruzitürken! Is denn der damische Sauhund von alle guatn Geistern verlassn!", fluchte er. „Annerl, komm! Des musst dir oschaun!", forderte sie der Stadlhuber auf. Das Annerl staunte nicht schlecht, als sie das Fernglas auf das Haus vom Gustl richtete. „Derf der des eigentlich macha?", fragte sie den Alten. „Des wern mir ja sehn!", giftete dieser und eh das Annerl noch was sagen konnte lief der Stadlhuber höchstpersönlich über die Wiesn zum Haus vom Gustl, um mit dem „Herrn Bürgermeister" erstmal ein Hühnchen zu rupfen.

Der Stadlhuber musste immer wieder stoppen, weil der Husten ihn plagte, und als er endlich am Ziel angekommen war, da musste er sich erst einmal auf dem nächstbesten Schemel niederlassen, der dort stand. Der Möbelpacker staunte nicht schlecht, als er den Stadlhuber auf dem Stuhl erblickte, den er eigentlich als nächstes hätte ins Haus tragen wollen. Als der Stadlhuber wieder schnaufen konnte, da fuhr er gleich den Bürgermeister an – doch der setzte sein scheinheiliges Lächeln auf, wie schon in der Nacht zuvor und beglückwünschte den Stadlhuber zu dessen neuen Nachbarn. Dem Stadlhuber blieb das Wort im Hals stecken. „Du Sauhund, du damischer, der Gustl daad si im Grab umdrahn, wenn der wüsst, wen du do eiquartiern tuast!" „Des Haus ghört der Gemeinde. Die Erben hams an uns vakaft und was wir damit machn, des hat di fei net zum interessiern. Wenns dir ned passt, kannst ja dei Hof vakaffa!", konterte der Bürgermeister und schob noch hinterher: „Ob du bei der Nachbarschaft aber no des Gleiche kriagn tuast, wie vielleicht vorher, des kann i dir ned versprechn!" Der Stadlhuber traute seinen Ohren nicht. „Da is des letzte Wort no ned gsprocha", erwiderte der Alte trotzig. „Geh´ hoam, Stadlhuber, hier bist net willkommen! Do wohnt ab jetzt unsere liabe Asylantenfamilie Brahmani! Host mi?"

Der Stadlhuber bezieht Posten

Es hatte sich etwas verändert in der Küche beim Stadlhuber. Jetzt stand der alte Ohrensessel vor einem der Fenster, in Blickrichtung auf das Haus vom Gustl. Daneben stand der alte Nachttisch von der Resi, der jetzt als Ablage für das Fernglas gute Dienste leistete. Hier bezog der Stadlhuber jetzt Quartier.

Man konnte ihn nur schwerlich dazu bewegen, die Mahlzeiten am Küchentisch einzunehmen. Er schaute stundenlang durch das Fernglas, hinüber zu dem Haus vom Gustl, in dem sich scheinbar nichts tat. Der Stadlhuber hatte allerdings inzwischen feststellen können, dass schon morgens um fünf die Lichter im Haus vom Gustl angeschaltet wurden. Also Frühaufsteher waren sie schon mal, die Asylanten. Aber auch wenn sie sehr früh aufstanden – der Stadlhuber war ihnen immer etwas voraus. Inzwischen schlief er manchmal sogar in seinem

Sessel. Das Annerl versuchte immer wieder den Alten zu bewegen, vom Fenster zurück an den Küchentisch zu kommen, aber der wollte davon nichts wissen. „Ei Vater, du bist ja richtig fanatisch!", sagte sie ihm oft. Aber der Alte sagte, er wolle nicht im Schlaf erstochen und ausgeraubt werden. Darum hatte der Bürgermeister diese „Brut" doch nur dort einziehen lassen. „Do hod doch a jeder a langs Messer in der Taschn!" So gab das Annerl auf und der Alte blieb da hocken. Manchmal sah er den kleinen Jungen Holz aus dem Schuppen holen und auch den jungen, dunkelhaarigen Mann mit Bart. Eine Frau schienen die dort wohl nicht zu haben.

Einmal sah er den jungen Mann im Schuppen verschwinden und mit dem alten Radl vom Gustl wieder heraus kommen. Eigentlich war es das alte Radl von der Lizzy, Gustls Frau selig, aber als die dann gestorben war, da hatte der Gustl es genommen. „Mit dera oidn Rostlaubn werst ned weit kema", dachte der Stadlhuber hämisch und beobachtete, wie der Mann das Fahrrad auf den Kopf stellte, um die Kette zu untersuchen. Er verschwand wieder im Schuppen und kam mit einer Ölflasche zurück. Er stellte sich mit dem Rücken zum Stadlhuber, der daraufhin nervös versuchte an dem Rad vom Fernglas zu drehen, dass ihm nur ja nichts entginge – da drehte sich der Mann plötzlich herum und sah dem Stadlhuber geradewegs in die Augen. Den traf fast der Schlag, so erschrocken war er. Natürlich konnte der Mann den Stadlhuber gar nicht sehen – der aber, mit seinem auf Zoom gestellten Fernglas, fühlte sich regelrecht ertappt und legte das Fernglas sofort aus der Hand auf den Nachttisch, so, als hätte er sich daran die Finger verbrannt. Der Stadlhuber mochte gar nicht mehr zum Fenster hinausschauen, – als er sich nach ein paar Augenblicken aber doch überwand, da war der Mann schon wieder im Haus verschwunden und das Radl war auch nicht mehr zu sehen. „Na, da werd sich der Gustl glei noch amoi im Grab umdrehn, wenn der wüsst, dass auf seinm Radl so a Türck rumradlt ", murmelte der Alte vor sich hin. „Der soll amoi sche aufpassn, dass der net vom rechten Weg abkimt. Der kaam mir grad recht vor d Bixn!"

Begegnung mit dem Tod

Stadlhubers Husten hatte sich gebessert und eigentlich gab es für ihn keinen Grund mehr, noch einmal zum Arzt zu fahren. Aber das Annerl hatte ihm das Versprechen abgerungen - denn nur unter dieser Bedingung konnte und wollte sie sich auf den Weg nach München machen, um dort ihrer Patentante, die einen leichten Schlaganfall erlitten hatte, für einige Zeit zur Hand zu gehen. Sonst, so meinte das Annerl, müsse sie zu Hause bleiben und den Vater versorgen, was ihr allerdings auch nicht ganz ungelegen gekommen wäre, denn die Patentante war alles andere als pflegeleicht.

So wartete der Stadlhuber ab, bis der Tony mal wieder nüchtern genug war, das Auto zu fahren und ihn sicher ins Dorf zu bringen. Im Dorf trennten sie sich, weil der Tony noch was zu erledigen hatte und der Alte wollte lieber nicht wissen, um was es sich handelte. Beim

Tony hatte sich bewährt, wenn man nicht zu viel über sein Treiben wusste. Das Wartezimmer war lediglich halb voll und der Alte musste nicht lange warten, bis er zum Arzt vorgelassen wurde. Der hörte sich noch mal an, wie der Stadlhuber nun schnaufen konnte und war zufrieden. Allerdings schlug er noch vor eine Blutuntersuchung zu machen, weil die letzte schon zehn Jahre zurücklag. Aber der Alte wollte davon nichts wissen. „Solang de Pumpen noch pumpen tuat, solang is aa noch gnua Blut do, und wenns zend is, dann iss halt zend, basta! Dafür brauch i koa teire Untersuchung net!" Mit diesem Schlusswort musste sich der Arzt erst mal zufrieden geben. Trotzdem riet er dem Stadlhuber, sich das noch einmal in Ruhe zu überlegen. Er solle das vielleicht auch mit dem Annerl besprechen. Mit diesem letzten Appell verabschiedete sich der Arzt vom Stadlhuber, nicht ohne noch das Annerl „recht herzlich" grüßen zu lassen. „I werds ausrichten, Pfia Gott, Herr Dokta!" Der Stadlhuber setzte seinen Filzhut auf und ging hinaus.

„Des waar a guate Partie fürs Annerl", dachte er bei sich. Aber das Annerl hatte schon einmal gesagt, dass der Doktor ihr viel zu alt wär. Zwanzig Jahre sind schon ein Unterschied, aber andererseits hätte das Annerl eine sichere Zukunft. Es wurd auch langsam Zeit, dass sie unter die Haube kam. Mit dreißig Jahren war es bald zu spät, noch wählerisch zu sein. Das Annerl glaubte nicht, dass ein Mann Anfang fünfzig noch Leidenschaft entwickeln könne. Der Alte lächelte bei dem Gedanken und dachte: „A oide Hütten brennt schneller!"

Am Auto angekommen, hielt der Alte vergebens Ausschau nach dem Tony. „Wo treibt sich der Saubua wieda rum?", fragte er sich. Es dämmerte schon langsam und der Alte wollte nicht zu spät zu Hause ankommen. Seitdem die Asylanten in dem Gustl seinem Haus wohnten, hielt der Stadlhuber es für das Sicherste, zu Hause zu bleiben, um jeglichen Einbrüchen und Überfällen vorzubeugen. Er setzte sich ins Auto und nickte beim Warten ein. Unsanft wurde er geweckt, als der Tony, sichtlich angetrunken, ins Auto stieg. „Wo kummst denn du jetzt her", wollte er vom Tony wissen. Der aber kicherte albern und sagte, dass der Stadlhuber das bestimmt nicht wissen wolle. Ein tiefes Rülpsen vom Tony begleitete das Startgeräusch des Motors. Dem Stadlhuber war nicht wohl in seiner Haut, denn der Tony fuhr eindeutig so, wie der Alte es befürchtet hatte. Immer wieder fuhr er mal zu weit rechts und mal zu weit links und musste sich ständig korrigieren, was er mit einem lockeren: „Hoppla" und einem albernen Kichern kommentierte. Der Stadlhuber bekreuzigte sich und schickte ein Stoßgebet zum lieben Gott. Und nun geschah etwas, was beiden die Münder offenstehen und an ihrem Verstand zweifeln ließ.

Als der Tony um die nächste Kurve fuhr, da begegnete ihnen der Tod. Aber nicht ganz so, wie sie ihn aus Büchern oder von Bildern her kannten: der Tod als in eine schwarze Kutte gehülltes Skelett, hämisch grinsend, mit einer Sense in der Hand, um den Lebensfaden endgültig zu durchtrennen. Nein, dieser Gevatter sah anders aus, aber genauso schaurig. Dieser Tod war zwar in schwarze Tücher verhüllt, aber kam auf einem Fahrrad dahergefahren, gerade auf das Auto vom Stadlhuber und dem Tony zu. Der Tony schrie und riss das Lenkrad herum. Dem Alten blieb der Schrei in der Kehle stecken. Der Tony brachte das Auto zum Stehen, gerade noch, bevor es unsanft von einer alten Eiche gestoppt wurde. Von einem Moment zum anderen war der Tony wieder stocknüchtern geworden. Seine zitternden Hände umklammerten immer noch krampfhaft das Lenkrad. „Wos war jetzt des?", fragte er mit zitternder Stimme. Der Alte konnte keinen Ton herausbringen. Erst als er sich geräuspert hatte, antwortete er mit einer heiseren Stimme: „Woher soll i des wissn?" Keiner von ihnen wollte aus dem Auto steigen, aus Angst, dass der Tod noch dort stand, wo sie ihn fast umgefahren hätten. Plötzlich kam der Tony wieder zur Besinnung und wie vom Teufel getrieben fuhr er so schnell, wie der alte VW-Bus es noch zuließ, nach Hause. Am Hof angekommen blieben beide noch mit blassen Gesichtern im Auto sitzen. „Do hamma no amoi Glück ghabt!", sagte der Stadlhuber erleichtert. „Ja, Vater, do konnst oan drauf lossn!", pflichtete der Tony ihm bei.

Der Freie Fall

Am nächsten Morgen steckte ihnen der Schreck noch immer in den Knochen. Gut geschlafen hatten weder der Stadlhuber noch der Tony. Der Stadlhuber verspürte ausnahmsweise keine Lust, sich wieder auf seinen Posten zu begeben, zu stark hatte ihn die Begegnung am Tag zuvor erschüttert. So saßen sie schweigend am Küchentisch und tranken ihren Kaffee. Hunger hatten beide heute nicht. Wenn sie sprachen, dann nur das Notwendigste. Das Annerl sollte heute aus München zurückkommen und der Stadlhuber erinnerte den Tony daran, sie vom Zug abzuholen. Um zwölf Uhr sollte sie ankommen. Der Tony sagte, dass er ohnehin noch etwas im Dorf zu erledigen hätte und das Annerl dabei gleich mitbringen könne. Dann tranken sie schweigend weiter. „De Dachrinna muasst aa no richtn, sonst läuft s Wasser no ins Haus, wenns ganz abbrecha tuat", bat der

Stadlhuber den Tony. „Ja mach i scho!", antwortete der gelangweilt. „Versprochen host des scho den ganzn Frühling, und ghoitn host nix!", drängte der Alte. Der Tony verlor die Lust an dem Gespräch und stand auf, um sich auf den Weg ins Dorf zu machen. „Gehst jetz scho?", fragte der Alte verwundert. „I hab doch gsagt, dass i noch was zum erledigen hoab!", antwortete der Tony ungeduldig und entschwand zur Tür hinaus. Der Stadlhuber sah ihn vom Fenster aus in den VW-Bus steigen und fortfahren.

Er ging vor die Tür und schaute misstrauisch an den Himmel, wo sich immer mehr Wolken bildeten. „Wenn i auf n Tony wart, dass der sei Wort hoit, do gfriert eher d Höll", dachte der Alte und machte sich auf den Weg zur Scheune, um die Leiter zu holen. Aber zuerst versorgte er die Tiere. Das machte sonst das Annerl, aber wenn die nicht da war, dann tat er das selbst. Auf den Tony war ja kein Verlass.

Gerade als er aus der Scheune kam, hielt das Postauto vom Huber Franz. Der war schon seit dreißig Jahren der Postler im Ort und brachte Briefe und Pakete. Der Stadlhuber mochte ihn, auch weil der das Postgeheimnis nicht so wichtig nahm. Als der Gustl noch lebte, da saßen sie oft beim Stadlhuber auf der Bank und tranken einen Selbstgebrannten. Damals hatte der

Stadlhuber noch Schnaps gebrannt, aber seit der Gustl nicht mehr war, da hatte ihn die Lust daran verlassen. So saßen sie dann oft zu dritt und lasen einige Postkarten „Wenn de Leit wos zu verhoamlichn ham, dann sollns ebn an Briaf schicka. Dafür san de ja do!", sagte der Huber Franz – und der Stadlhuber und der Gustl waren derselben Meinung. Der Huber Franz war dann leicht beschwingt weitergefahren und die beiden Alten ließen sich den Schnaps weiter schmecken. Jetzt waren es nur noch der Stadlbauer und der Huber Franz. Der brachte manches Mal einen gutenTropfen mit. Der wusste, dass es beim Stadlhuber klamm geworden war.

Der Stadlhuber holte zwei Gläser und sie setzten sich auf die Bank. „Do hat se der Bürgermoaster ja was scheens eifalln lossn", sagte der Huber Franz und nickte mit dem Kopf in die Richtung von Gustl seinem Haus. „Aus Pakistan kema de, deine neua Nachbarn. Asylanten sans." Der Stadlhuber nahm eine Prise Schnupftabak. „Der Gustl daad si im Grab umdrahn. Und dann bloß zwoa Leit in dem großn Haus", schüttelte er verständnislos den Kopf. Der Huber Franz schaute den Alten an: „Wia kummst denn do drauf? Do wohnt a ganze Familie!" Der Stadlhuber schaute den Huber

Franz ungläubig an. „Aber i sig do bloß an jungen Buarschn und an kloanan Buam." „Ja woaßt, de ham do so a Religion, do derf fei koaner de Weibersleit aa bloß oschaun. Drum bleims liaba glei im Haus!" Darum also hatte der Stadlhuber sie noch nicht gesehen. „Mogst no oan?", fragte der Huber Franz und hielt dem Alten die Flasche hin. „Naa dankschee , i muass noch arbatn, Pfiaddi Franz!" Der Huber verschloss die Flasche und stieg in sein Postauto. Bevor er losfuhr, kurbelte er noch das Fenster herunter, zeigte in den Himmel und rief dem Stadlhuber zu, das da ein Unwetter in der Luft liegt. Dann winkte er ihm zu und fuhr zum Hof hinaus.

Der Stadlhuber brachte die Gläser zurück in die Küche. Nun musste er sich aber an die Arbeit machen. Der Huber Franz hatte nicht ganz unrecht, die Wetterlage hatte sich verändert. Er holte die Leiter aus der Scheune und stellte sie ans Haus, da, wo die Regenrinne durchhing. Mit unsicheren Beinen stieg er hinauf und besah sich den Schaden aus der Nähe. „Do brachst an Schraubenziaga", dachte er sich und stieg hinab, um einen aus der Scheune zu holen. Er blickte zum Haus vom Gustl und sah, dass der junge Mann ihn beobachtete. Der Stadlhuber ignorierte ihn und stapfte leicht verärgert in die Scheune. „Hat der nix bessers zum toa, als dumm rumzsteh und andre Leit beim Arbatn zuschaun?", grantelte er in sich hinein.

Als er wieder aus der Scheune kam, sah er das Annerl den Weg hinunterkommen. „Wo is denn der Tony?", fragte der Alte gleich, ohne sie zu begrüßen. „Woher soll i denn des wissn?", wunderte sich das Annerl. „I bin doch grad erst wiedakemman!", verteidigte sie sich. „Is scho recht", lenkte der Alte ein, dem gerade eingefallen war, dass das Annerl eine andere Begrüßung verdient hätte. Er klopfte ihr unbeholfen auf die Schulter, denn Gefühlsausbrüche waren nichts für ihn. „Bist froh, dass d wieder dahoam bist?", fragte er. „I kümmer mi liaber um eich, ois wia um de Tantn", erwiderte sie ehrlich. „Na, da kannst glei oafangn. Des Geschirr steht nämlich noch auf dem Küchentisch." Das Annerl nickte und wollte ins Haus gehen, da zögerte sie. „Warst beim Dokta?", wollte sie wissen. „Ja, hob i ja gsagt. Is ois in Ordnung. Grüßn soll i di aa", fügte er noch hinzu. Das Annerl nickte und ging ins Haus.

Der Alte stieg mit dem Schraubenzieher bewaffnet die Leiter hinauf und machte sich an der Regenrinne zu schaffen. Der Rost hielt die Schraube fest in ihrer Position und der Stadlhuber tat sein Bestes, diese zu lösen. Er verlagerte sein ganzes Körpergewicht um sie doch noch zu lockern. Sein sportlicher Ehrgeiz war geweckt. Da löste sich das vermaledeite Ding und der Stadlhuber geriet samt Leiter ins Straucheln. Er griff nach dem nächstbesten Halt und bekam die Regenrinne zu greifen. Mit einem lauten Krachen fiel die Leiter um und der Stadlhuber hing wie ein Kartoffelsack an der Regenrinne. Das Annerl kam von drinnen herausgestürzt und sah zwei Beine über der Haustür baumeln. Sie schrie und lief, um die Leiter wieder aufzurichten. Da hörte sie hinter sich einen dumpfen Schlag und wusste, noch bevor sie sich umdrehte, dass der Stadlhuber nun nicht länger an der Regenrinne hing.

Sie mochte sich nicht umdrehen, aber als sie es tat, sah sie, wie er bleich am Boden lag und aus einer Wunde am rechten Unterschenkel Blut lief. Gleich eilte sie zu ihm und redete auf ihn ein. Der Alte öffnete die Augen, doch sein Bein schmerzte arg und er schloss die Augen wieder. Das Annerl wusste sich nicht zu helfen. Das Telefon war tot, seit sie die Rechnungen nicht mehr bezahlen konnten und der Tony war offensichtlich mit dem Auto unterwegs. Das Annerl war schier verzweifelt. Da hörte sie hinter sich Schritte und als sie sich umdrehte, da staunte sie nicht schlecht. Der junge Mann vom Haus gegenüber war gekommen und hatte eine in Schwarz gehüllte Gestalt bei sich.

Das Annerl schreckte zurück, doch der Mann versuchte sich in gebrochenem Deutsch verständlich zu machen. „Is gutt. Sie Doktor", sagte er und zeigte dabei auf die verhüllte Gestalt, die sich gleich neben dem Stadlhuber niederkniete und ihn vorsichtig abtastete. Der Alte bekam davon nichts mit. Dann untersuchte sie sein Bein und zog vorsichtig das Hosenbein hinauf. Eine lange Wunde wurde sichtbar. Sie neigte sich zu dem jungen Mann und sagte etwas zu ihm. Dann wandte er sich an das Annerl und fragte mit einfachen Worten nach Wasser und einem Verbandskasten. Das Annerl, die das Geschehen mit Neugier verfolgte, nickte eifrig und lief ins Haus, um das Gewünschte rasch herbeizuschaffen. Als sie zurück war, sah sie, wie die Gestalt mit raschen Handgriffen die Wunde säuberte und einen Verband anlegte. Als sie fertig war, drehte sie sich wieder zu dem jungen Mann und sagte ihm etwas, worauf er dem Stadlhuber das Hemd aufknöpfte. Die Gestalt drückte vorsichtig den Brustkorb vom Alten ab. Der Stadlhuber stöhnte auf. Die Gestalt nahm einen weiteren Verband aus dem Kasten. Gerade, als sie dem Stadlhuber den Verband anlegen wollte, da machte der die Augen auf.

Als er die Gestalt sah, riss er die Augen weit auf und stammelte mit schwacher Stimme: „Heilige Maria, Mutter Gottes, bitte für uns Sünder, jetzt und in der Stunde unseres To… I bitt di, verschon mi, i will no ned geh, i bin no ned bereit!" Die Gestalt verstand nicht, was der Alte da stammelte und beugte sich über ihn, um seine geprellten Rippen zu versorgen. Der Stadlhuber sah noch direkt in die großen dunklen Augen des Todes, dann verließen ihn die Kräfte und er sank wieder in eine tiefe Ohnmacht.

Die Auferstehung

Als der Stadlhuber erwachte, da lag er in seinem Bett und wunderte sich, dass er wohl doch vom Tod verschont geblieben war. Das Annerl sah nach ihm. „Na Vater, wia gehts dir? Host Appetit? Soll i dir was richtn?", fragte sie. Der Alte hielt sie am Arm fest und sah sich misstrauisch im Zimmer um. „Annerl, i muss vorsichtig sei", flüsterte er. „Scho zwoamoi wollt der Tod mi holn und grad so bin i eam auskumma. Aber i woaß ned, ob i des nächste Moi a so a Glück hom werd." Das Annerl guckte den Alten verständnislos an. „Was redst n do daher?" Der Stadlhuber erzählte dem Annerl von der Fahrt mit dem Tony, wo er den Tod fast umgefahren hätte, und dass er den Tod dann wiedergesehen hatte, als er von der Leiter gefallen war und auf dem Boden lag. Das Annerl lachte und schüttelte den Kopf. „Do redst a Schmarrn daher! Des war doch ned der Tod, sondern de Frau, de im Haus vom Gustl wohnt. De ist nämlich Ärztin." Der Stadlhuber setzte sich halb auf und schüttelte aufgeregt den Kopf. „Na Annerl, der Tod wars, der hod a schwarzes Gwand oghabt und hot ganz schwarze Augn, wie Kohln!" Das Annerl schüttelte wieder den Kopf. „Na Vater, des war de Frau, de im Gustl sein Haus wohnt. De is so ozogn, weil des so deana Brauch is!"

Der Alte sank wieder in die Kissen. Das konnte doch nicht möglich sein, dass er sich so geirrt hatte. Er wollte aufstehen, um sich mit dem Fernglas selbst zu überzeugen, aber die Rippen und das Bein schmerzten doch sehr arg, so dass er mit einem leisen Wimmern wieder in die Kissen sank. „I hob sie a scho gsehn, wia sie im Dorf cikaft hod", fuhr das Annerl fort. „Aber de Leit san fei net recht freindlich zu ihr!" Das wunderte den Stadlhuber gar nicht. Die Leute werden genauso Angst haben, wie er selbst. Das Annerl ging wieder in die Küche, um dem Invaliden einen kleinen Imbiss zu bereiten.

Draußen hörte der Alte den VW-Bus ankommen. Kurz darauf stand der Tony im Zimmer. „Das Annerl hod mir scho ois erzählt. Warum bistn auf de Leiter nauf und host net gwart?" „Wia lang hätt i denn no warten soin? Hast es ja lang gnug versproachn und net gehoitn!", erwiderte der Stadlhuber angesäuert.

Jetzt erst bemerkte er den Verband an der Hand vom Tony. „Was host denn do scho wieda gmacht?", wollte er wissen. „Oh, des is gar nix!", erwiderte der Tony und versuchte die Hand hinter seinem Rücken zu verstecken. „Da muasst amoi zum Dokta!", sagte der Alte. Das Annerl kam gerade mit einem Teller Suppe auf dem Tablett herein und erwähnte beiläufig, dass der Doktor gleich vorbeikäme.

Der Stadlhuber war nun sichtlich verwundert. „Wia hast jetzt des gmacht; des Telefon is doch scho lang gsperrt?", wollte er wissen. „Der Farid hat mir sei Telefon glieha!" „Wer is dann der Farid?", wollte der Alte wissen. „Des is der Mo, der do im Gustl seim Haus wohnt und der, wo de Schwester Ärztin is und di vasoagt hod!"

Der Tony und der Stadlhuber schauten das Annerl misstrauisch an. „Der Asylant?", fragten beide wie aus einem Munde. „Kennst den scho so guat, das du den beim Vornamen nennst?", fragte der Stadlhuber. „Ja wo hat nachan der a Telefon her?", wollte der Tony wissen. Das Annerl zuckte mit den Schultern. „I hab n nach seim Namen gfrogt und ob i amoi sei Telefon benutzn derf, des is oiß." Wieder kam ein Auto auf den Hof gefahren, diesmal war es der Doktor. Das Annerl ging zur Tür, froh, keiner weiteren Befragung mehr ausgesetzt zu sein, und öffnete dem Ankommenden die Tür. Der Tony aber hatte es plötzlich sehr eilig und verschwand durch die Hintertür.

Der Stadlhuber hörte das Annerl und den Doktor miteinander reden – aber so sehr er sich auch anstrengte, er konnte nicht verstehen, was sie besprachen. Dann kam der Doktor zum Alten ins Zimmer. „Na, von dir hört ma ja schöne Gschichten", begrüßte er den Invaliden. „Was hast denn da oben zum suacha ghabt?", wollte er wissen. „I wollt bloß die Dachrinna repariern." „Ja konnst des ned an Tony macha lassn?", fragte der Arzt. „Ja, wenn der o omoi do waar, dann kannt er des aa macha, aber der hod ja immer wos anders zum toa." Der Arzt schaute sich die Wunde am Bein an und untersuchte auch den Brustkorb. Der Alte jammerte. Als der Doktor fertig war, schien er recht zufrieden. „Do hast a damschis Glück ghabt, dass do glei jemand wusst hod, woas zu toa is. De Kollegin hod a guate Arbeit gleist!" Der Stadlhuber schnaubte: „Ja, und a Glück hab i aa ghabt, dass i koan Herzinfarkt ned kriagt hob. Wia der Tod schaut de aus. I hob gmoant, mei letztes Stündl hätt gschlogn!" Der Arzt verschloss seine Tasche und nickte dem Stadlhuber aufmunternd zu: „Na, da konnst ja glei no amoi Gburtstag feirn!", lachte er. „Pfiaddi Gott, Stadlhuber, i gib dem Annerl no a Salbn, mit der konn sie dann dei Rippn eischmiern – und von der Dachrinna bleibst erst amoi weg."

Bevor der Doktor in sein Auto stieg, unterhielt er sich noch kurz mit dem Annerl, aber auch diesmal verstand der Alte nicht worum es ging, obwohl er sich sehr bemühte. Wahrscheinlich machten sie sich lustig über ihn. Als das Annerl ins Zimmer kam und das Tablett holen wollte, da fragte der Stadlhuber, was es da noch zu reden gegeben hätte. Das Annerl berichtete, dass der Doktor erzählt hätte, dass in der letzten Nacht im Dorf die Zigarettenautomaten aufgebrochen worden wären und das ganze Geld gestohlen. Und dass er sie außerdem gefragt hätte, ob sie am übernächsten Sonntag mit ihm zum Volksfest kommen wolle und dass sie gesagt hätte, dass sie es nicht genau wisse, weil noch nicht sicher wäre, ob sie ihn, den Stadlhuber, dann schon alleinlassen könne. Der Doktor glaubte aber daran, dass der Stadlhuber nicht zu denen gehörte, die gern das Bett hüteten. Der Stadlhuber lächelte in sich hinein: „So a gscheiter Kerl der Dokta, der kennt sich aus!" Das Annerl wär ja nicht gscheit, wenn sie so einen, wie den Doktor ausschlagen würde. Doch das Annerl glaubte nicht mehr so recht an die Liebe. Vor langer Zeit war ihr schon einmal das Herz gebrochen worden und seitdem wollte sie mit den Mannsleuten nichts mehr zu schaffen haben. Es gab einige, die gern mit ihr angebandelt hätten. Sie war ein fesches Ding und hatte die Rundungen genau an den Stellen, wo sie auch hingehörten.

Damals war sie glücklich und ausgelassen gewesen und schon über zwei Jahre mit einem Hallodri aus dem Nachbardorf verbandelt, bis sie dann hörte, dass der mit einer anderen auf und davon war. Sie hatte schon mit dem Vater über Mitgift gesprochen und wie es für ihn wäre, wenn sie heiraten und nicht mehr zu Hause wohnen würde. Der Stadlhuber mochte den Hallodri ohnehin nicht, obwohl er zu der Zeit gar nicht wusste, dass dieser einer war. Aber jeder Vater hat wohl eine Furcht, wenn die Tochter einen Burschen hat, der ihr den Hof macht.

Helfer in der Not

Das Klopfen eines Hammers weckte den Stadlhuber aus einem unruhigen Schlaf. Erst wusste er nicht woher der Lärm kam, dann aber ahnte er, dass es nur der Tony sein konnte, der jetzt vor lauter schlechtem Gewissen sein Versprechen, die Regenrinne zu reparieren, endlich einlöste. Zufrieden lehnte sich der Stadlhuber in seine Kissen zurück. So ein nutzloser Tunichtgut schien der Tony dann wohl doch nicht zu sein, wenn ihn das Gewissen so drückte und ihm das Wohl seines alten Vaters nun doch am Herzen lag.

Als das Annerl zum Stadlhuber ins Zimmer kam, sah sie ihn in bester Laune. „Wos freit di so, Vater?", wollte sie wissen. „Dei Bruader hat wohl doch a Herz, wie´s scheint", erwiderte er. Das Annerl sah ihn verwundert an. „Wia moanst des?" „Na, i her ihn doch am Dach arbatn", sagte der Alte. Nun schien das Annerl zu begreifen, was der Stadlhuber meinte. „Des is doch net der Tony", entgegnete sie, „des is der Farid!" Der Alte wäre fast aus dem Bett gefallen. „Wer is des? Wos hod der auf meim Dach zum suacha?" Er richtete sich ruckartig auf und ließ sich aber gleich mit einem Aufschrei wieder ins Bett zurückfallen. Das Annerl versuchte ihn zu beruhigen. „Der Farid hod gsehn, dass de Dachrinna no ned repariert is und heut Nacht soll a Unwetter kemma. Do hod er gfragt, ob i wos dagegn hob, wenn er des machen tät." „Konn der des übahaupts? Ned, dass der mir des Dach zerschlagn toat", gab der Stadlhuber zu bedenken. Aber das Annerl überzeugte den Alten, dem Farid zu vertrauen. Als sie dann in der Küche war, versuchte sie sich auch selbst zu überzeugen, dass der Farid es richten wird. So ganz wohl war ihr bei der Sache auch nicht. Es waren komische Leut, die in dem Gustl seinem Haus jetzt lebten. Der Farid war zwar freundlich, zugleich aber auch kurz angebunden. Außerdem sprach er kaum deutsch und sie war sich nicht sicher, ob sie ihn auch richtig verstanden hatte. Außerdem hatten die ja auch so ganz andere Bräuche. Sie dachte über die verschleierte Frau nach, die so fremd und unheimlich wirkte. Wie ihr Gesicht wohl aussah?

Ein plötzliches Räuspern schreckte das Annerl aus ihren Gedanken auf, so dass sie regelrecht zusammenfuhr. Sie wollte gerade ihrem Ärger Luft machen, da sah sie, dass es der Farid war, der ihr ein paar rostige Schrauben zeigte und sie fragend anschaute. Das Annerl verstand und nachdem sie sich wieder gesammelt hatte, sagte sie ihm, dass er Werkzeug und Schrauben in der Scheune finden würde. Als der Farid sich nicht bewegte, ging das Annerl hinaus und machte ihm ein Zeichen ihr zu folgen. Sie öffnete die Scheunentür und zeigte ihm, wo er das Gewünschte fand. Er nickte und sie ging zurück ins Haus. Als Farid mit der Reparatur fertig war, rief ihn das Annerl herein. Sie gab ihm einige von den selbst gebackenen Brezeln und sagte mit guter deutlicher Aussprache und lauter Stimme: „Schönen Dank für die Arbeit. Des san a par Brezn für di und di deinign." Der Farid nickte freundlich und sagte: „Grüaß Gott!", was für ihn wohl so viel wie „Danke" hieß und machte sich auf den Weg.

Während der ganzen Zeit lag der Stadlhuber in seinem Bett wie auf glühenden Kohlen. Er konnte es kaum erwarten, aus dem Bett zu kommen, um zu sehen, was für einen Pfusch dieser Asylant an seinem Haus verbrochen hatte. Als das Klopfen schon lange aufgehört hatte, da rief er das Annerl zu sich, um sich alles berichten zu lassen. „Hod der as Werkzeug aa wieda in d Scheune zrückgbrocht", wollte er wissen, und: „Hod der irgendwos mit Hoam gnomma." Das Annerl versuchte den Alten zu beruhigen, aber der wollte dem Frieden nicht so recht trauen. „I werd scho no doahinter-kemma, Bürschal, wos du host mitgehn lossn", dachte er still bei sich.

Wenig später kam dann der angekündigte Wolkenbruch, und mit ihm endlich der Tony, der mit schnellem Schritt aus dem Dorf hereilte und schon völlig durchgeweicht war. Diesmal war er nicht mit dem Auto unterwegs gewesen, ein Fehler, den er schon seit einer halben Stunde bitter bereute. Vorm Haus fiel ihm auf, dass die Regenrinne wieder gerichtet unter dem Dach saß und man, ohne einen kalten Guss in den Nacken zu bekommen, durch die Vordertür ins Haus gelangte. Im Haus zog er die nassen Schuhe aus und hängte die Jacke an den Haken. „De Dachrinna is ja gmacht", wandte er sich verwundert ans Annerl. Die war ihm aber noch immer nicht wohlgesinnt, weil er sie heute ja am Bahnhof vergessen hatte und antwortete nur kurz angebunden: „Ja, des stimmt", während sie sich beim Abwaschen nicht weiter stören ließ. Von der konnte der Tony also keine weiteren Informationen erwarten und so ging er zum Stadlhuber ins Zimmer. Er blieb verlegen in der Tür stehen und wartete, bis der Alte die Augen öffnete. „Na, Tony hast endlich hoam gfundn durch des Sauwetter?", fragte er. Der Tony nickte. „Du, Vata, de Dachrinna is ja gmacht, wia host jetz des fertig gbrocht?", wollte er wissen. Dem Stadlhuber fiel plötzlich wieder ein, dass er auf den Tony eigentlich nicht gut zu sprechen war. „Der Asylant hat dei Arbeit gmacht. Sonst hätt des Annerl wohl scho längst a Üwaschwemmung in der Küch ghabt!" Der Tony schaute betreten drein. „Wia kummst denn dazua, den Kümmeltürken doa naufzumlassn. I hätt des scho gricht", fügte er leicht beleidigt hinzu. „Auf den is wenigstens Verlass, und im Übrign kimmt der net aus der Türkei , sondern aus Pakistan!" Und mit der ihm noch zur Verfügung stehenden Kraft und Würde drehte sich der Stadlhuber im Bett herum und dem Tony den Rücken zu.

Eine hochprozentige Freundschaft

Sobald der Stadlhuber nach einiger Zeit auch nur etwas stehen und laufen konnte, verließ er das Bett und schleppte sich mit Hilfe vom Annerl in den Ohrensessel vor dem Fenster. Seitdem der Farid die Regenrinne repariert hatte, hatten sie ihn nicht mehr gesehen. Der Alte konnte manchmal durch sein Fernglas sehen, wenn die Frau mit dem Fahrrad ins Dorf fuhr oder der Junge hin und wieder vor dem Haus spielte.

Einmal, als das Annerl im Dorf war und der Alte grad ein Nickerchen machte, klopfte es an der Tür. „Ja, komm hoit nei", rief er schläfrig. Nichts tat sich. „Ja, Herrschaftszeitn, bist taub?" Unter großen Anstrengungen erhob sich der Stadlhuber aus seinem Sessel und schlurfte zur Tür. Als er sie einen Spalt geöffnet hatte, schreckten er und der Farid gleichermaßen zurück. Der Stadlhuber wusste gar nichts recht zu sagen. Er räusperte sich: „Ja, wos woist denn du?", fragte er. Der Farid zeigte auf eine alte rostige Schraube und zeigte in Richtung Schuppen. „Ah, du brachst neie Schraubn?" Der Farid nickte mit dem Kopf: „Sauber", brachte er in gebrochenem Deutsch heraus. „Ja, do kimmst amoi mit mir", sagte der Alte und zusammen mit dem Farid ging er langsam und bedächtig in die Scheune. „I konn hoit net so schnei, weil des tuat scho no arg weh", versuchte er dem Farid zu erklären. Der lächelte und nickte.

In der Scheune zeigte der Alte ihm die Schrauben und suchte auch gleich den passenden Schraubenzieher heraus. Der Farid sah sich derweilen ein wenig in der Scheune um. Etwas in der hintersten Ecke erregte ganz besonders seine Aufmerksamkeit. Der Stadlhuber ging neugierig zu ihm. Der Farid zeigte auf einen kupfernen Behälter, den der Alte vor längerer Zeit dort absichtlich, ein bisschen versteckt, abgestellt hatte und machte mit der Hand Kreise in die Luft und fragte: „Rauchen?" Der Stadlhuber verstand erst nicht, doch dann dämmerte es ihm. „Na, des is koa Ofen ned, mit dem komma an Schnaps selber brenna." Der Farid schaute ihn fragend an. Der Alte erklärte dem Farid jetzt genau, wie man Schnaps brennt. Er erklärte ihm, wo man was hineintut und so weiter. Der Farid war sehr interessiert, verstand aber wohl wenig. Der Stadlhuber schaute den Farid an. „Ja woaßt, vielleicht soit i einfach amoi wieda an Schnaps macha, nacha sigst, für wos des do steht." Der Farid schaute wieder fragend und der Alte sagte in deutlichem Bayrisch: „Am Mittwoch konnst kemma und dann zoag i dir, für wos des do is." Er hielt sechs Finger hoch und zählte die Wochentage ab. Der Farid nickte, nahm den Schraubenschlüssel und die Schrauben, verabschiedete sich mit „Grüaß Gott!" und wollte gehen. Der Alte hielt ihn zurück. „Woaßt, Farid, wennst gehst, dann hoast's des: „Pfiaddi" oder „Pfia God", und wenn du kemma tuast, dann hoast's: „Grüaß Gott". Der Farid verstand wieder nicht. Der Alte machte ihm Zeichen, dass er es ihm erklären wolle. Er drehte sich mit dem Rücken zum Farid und drehte sich dann zu ihm und sagte mit deutlicher Stimme: „Grüaß Gott!", der Farid erwiderte seinen Gruß. Jetzt winkte der Alte mit der Hand zum Auf Wiedersehen und sagte deutlich: „Pfia God!", und der Farid tat es ihm nach. „Na also", dachte der Alte, „a guats Deutsch werd i eam scho noch beibringa", und schlurfte zurück ins Haus zu seinem bequemen Sessel.

Sofort gab er sich der ausführlichen Planung der Operation „Selbstgebrannter" hin, die am nächsten Mittwoch also dann verwirklicht werden sollte. Das Annerl durfte davon, wenn möglich, nichts wissen. Und der Tony war ja sowieso nie da. Aber wie nur kam der Stadlhuber bloß an die Zutaten heran? Dass er selbst herumkraxeln würde, das konnte er wahrlich vergessen. Er überlegte, wen er wohl in sein Geheimnis einweihen konnte, wer vertrauenswürdig genug war. Doch die Antwort ließ nicht lange auf sich warten, besser gesagt, sie kam geradewegs mit der Post.

Als der Stadlhuber dem Huber Franz von seinen Plänen erzählte, war auch der gleich voller Begeisterung, schließlich trank der ja auch gern ein Schlückchen. Er sagte, dass der Stadlhuber sich keine Sorgen machen solle, er wüsste schon genau, wen er fragen müsste. In zwei Tagen sollte er alles parat haben. Er gab dem Stadlhuber einen Brief, der an das Annerl gerichtet war, und machte sich gleich wieder auf den Weg. Den Brief legte der Alte auf den kleinen Nachttisch und ließ sich erleichtert in den Sessel sinken. Und während er noch überlegte, was noch gebraucht würde und was noch alles zu tun war, um diese geheimnisvolle Aktion in die Tat umsetzen zu können, sank er darüber in einen tiefen, seligen Schlaf.

Viel Verkehr

Das Annerl staunte nicht schlecht, dass der Alte, obwohl schwer verletzt, diese ungeheure Energie aufbrachte, und immer wieder zwischen Haus und Scheune hin und her schlurfte. Hin und wieder musste er sich ein wenig ausruhen, doch er machte immer einen ausgesprochen zufriedenen Eindruck. „Wos machst denn da immer in der Scheune?", wollte das Annerl wissen. „Gar nix, i mach do herin bloß amoi sauber und sortier des Werkzeig. I konn ja net bloß in dera Stubn hockn und dem liabn Gott den Dog stehln", antwortete er. „I muss was toa, sonst werd i varrückt", setzte er noch hinzu, damit es überzeugender wirkte.

Das Annerl, das vom Doktor noch einmal eine schriftliche Erinnerung der Einladung für das Volksfest geschickt bekommen hatte, konnte mit gutem Gewissen den Alten allein lassen. Sie hatte mittlerweile eh das Gefühl, dass sie überflüssig war. Als der Huber Franz auf den Hof fuhr, wollte das Annerl ihm entgegengehen, doch der Stadlhuber war schneller und drängelte sich an ihr vorbei. „Vater!", wunderte sie sich irritiert. „I wart auf wos, du konnst ruhig herinna bleibm", stellte er klar. Als er beim Postauto ankam, fragte er den Huber Franz, ob er „es" dabei hätte. Der Huber Franz sah sich misstrauisch um und antwortete: „Ja, hab i dir doch vasprochn!" „Ja dann gibs hoit scho her!", drängte der Stadlhuber ungeduldig.

Der Huber Franz öffnete die Heckklappe seines Autos und entnahm, aber nicht, ohne sich nochmals genau umzusehen, einen prallen Sack aus Jute, den er so unauffällig wie möglich, an den Stadlhuber übergab. Der bedankte sich rasch und eilte dann, so schnell es sein geschundener Körper zuließ, mit dem Bündel in die Scheune. Dort verschwand er und verschloss hinter sich die Tür. Der Huber Franz schaute zum Haus hinüber, so als ob er kontrollieren wollte, ob diese illegale Transaktion auch wirklich unbemerkt geblieben war, und verließ mit seinem Postauto zügig den Hof.

Natürlich hatte das Annerl hinter der Gardine diese obskure Geheimniskrämerei sehr wohl zur Kenntnis genommen. „Oh Vater, wos machst do bloß scho wieda?", dachte sie bei sich. Sie hatte ihn vor Zeiten schon einmal sehr gebeten, dass er das Brennen lässt, weil gerade der Bürgermeister bei seiner letzten Wahl gegen die Schwarzbrennerei gewettert und so dafür gesorgt hatte, dass es einigen Schwarzbrennern an den Kragen gegangen war. Außerdem war er um ein paar Ecken mit dem Besitzer einer großen Schnapsbrennerei verwandt, von dem der Wirt vom Dorfkrug auch seinen Schnaps bezog. Also war es auch durchaus in seinem eigenen Interesse, die Schwarzbrennerei zu verurteilen.

Allein dieses konsequente Durchgreifen brachte ihm die Stimmen der zahlreichen Ehefrauen ein, die mit der Brennerei und Sauferei ihrer Männer die größte Last zu tragen hatten. Heute würden sie ihn fei nicht mehr wählen, aber damals hatte es einfach überhandgenommen.

Der Stadlhuber sah das überhaupt nicht ein. Er hielt es für sein Recht als freier bayerischer Staatsbürger, seinen Schnaps selber brennen und saufen zu dürfen. Und wenn dann einer eben mal ein paar Flaschen hat kaufen wollen, dann hat er ihm einen sehr fairen Preis gemacht. Der Stadlhuber war stolz auf den guten Ruf, den sein Schnaps genoss. Einige fragten neugierig nach seinem Rezept, aber das hielt er stets geheim. Das wurde von Generation zu Generation weitergegeben. Allerdings, als der Gustl, einer seiner größten Abnehmer und Bewunderer dann starb, da verließ ihn von einem Moment zum anderen die Lust an diesem Gewerbe. Und das Rezept wollte er an den Tony aber auch nicht weitergeben, weil diesem ja eh egal war, was er soff. Und so begnügte sich der Stadlhuber mit dem kleinen Vorrat, der immer mehr zusammenschrumpfte und dem Tropfen, den der Huber Franz immer bei sich hatte.

Damals wusste das Annerl nicht, was ihr lieber war: ein Vater, der immer mit einem Bein im Gefängnis steht, oder einer, der nur noch lustlos dasitzt und an nichts mehr ein rechtes Vergnügen findet. Jetzt ging es ihr wieder genauso.

Gerade als der Stadlhuber wieder aus der Scheune kam, da fuhr schon wieder ein Auto auf den Hof. Diesmal war es der Herr Bürgermeister. Der Stadlhuber eilte ins Haus und holte seine Flinte. Das Annerl bettelte inständig, dass der Vater doch die Flinte wieder fortlegen solle. Der Alte aber bezog wieder Posten auf seinem Sessel und beobachtete den Bürgermeister wie die Katze die Maus. Der stieg aus dem Auto aus und blickte sich genauso vorsichtig um, wie vorher der Huber Franz. Dann kam er auf Stadlhubers Haus zu. Noch bevor der Bürgermeister klopfte, stieß der Alte von drinnen ein paar unmissverständliche Drohungen aus, die an Eindeutigkeit nicht zu überbieten waren und ihm unmissverständlich klarmachten, dass er hier nicht willkommen und sein Leben in Gefahr sei. Doch der Bürgermeister ließ sich so leicht nicht abschrecken. „Geh, so sei doch vernünftig, Stadlhuber! I hab do jetzt a viel bessers Angebot als vorher für dein Hof." Er lauschte, ob er etwas hörte, aber drinnen blieb es still. „Komm, lass uns amoi in Ruhe über oiß redn, i woaß, dass du im Grund a anständiger Kerl bist. I konn ja versteh, dass du de Erinnerungen de du do host, net oafach aufgebn wuist, aber denk doch aa amoi an des Annerl. Wenn du nimmer bist, wie soll sie dann den Hof hoitn?"

Der Bürgermeister machte eine Pause. Von drinnen fragte der Alte: „Bist jetzt fertig? Oder muss i mir noch mehr Schmarrn ohörn? I woaß, dass du im Grund a ganz a foischa Fuchzga bist. Jetzt schleich di, oder i brenn dir doch no a schöns Muster auf dein Allerwertestn." Nun war der Spaß auch beim Bürgermeister vorbei: „Mit dir ko ma ned redn! Do probier i krampfhaft, des beste Angebot an Land zum ziagn und so dankst mir? Jetzt konnst schaugn, an wen du no vakafe konnst. Mit derer Nachbarschaft werds fei schwer!"

Ein Schuss ertönte und ließ den Bürgermeister wie einen Hasen, Haken schlagend, zu seinem Auto rennen. Der Stadlhuber gab den nächsten Schuss ab, und der Bürgermeister fiel beim Abducken der Länge nach in die einzige Pfütze, die der Regen freundlicherweise noch hinterlassen hatte. Mit einem Taschentuch wischte er sich das Gesicht sauber und stieg eilig in sein Auto. Als er den Hof verlassen wollte, stieß er fast noch mit einem anderen Auto zusammen, das gerade in den Hof einbog. Der Bürgermeister hupte aufgebracht, bis der andere Fahrer zurückwich, und fuhr, wie vom Teufel geritten, davon.

Das Angebot

Das Auto, das dem Bürgermeister eben noch den Weg versperrt hatte, kam nun auf den Hof gefahren. „Wer is denn des scho wieda? Des geht heit ja zua wia im Taubnschlog", wunderte sich der Alte. Das Annerl ging hinaus und ein Mann und eine Frau stiegen aus dem Auto. Sie redeten mit dem Annerl und die Frau schaute immer wieder zum Haus. Der Stadlhuber, von Neugier gepackt, legte die Flinte aus der Hand und ging zu den Fremden hinaus. Die Frau ging gleich auf ihn zu und flötete: „Ganz reizend haben Sie es hier, ganz entzückend. Und so idyllisch", flötete sie weiter und gab dem verdutzten Stadlhuber die Hand. „Ja, meine Frau hat ganz recht!", kam jetzt der Mann ins Spiel. „Kreuzpichler mein Name", er hielt dem Stadlhuber die manikürte Hand hin. „Stadlhuber", brummelte der und gab dem Fremden die seine, worauf dieser sie gleich heftig schüttelte. Der Stadlhuber zog seine Hand ängstlich wieder zurück. Was wollten diese Menschen hier, wunderte er sich. Vielleicht wieder ein neuer Trick vom Bürgermeister? Misstrauisch betrachtete er das Pärchen.

„Wir kommen aus München und haben uns hier hoffnungslos verfahren", erklärte der Mann weiter. „Du hast dich verfahren", verbesserte die Frau mit gespielter Empörung. „Ja, Liebste", lächelte er und warf ihr eine Kusshand zu. „Du hast recht, Asche auf mein Haupt", und sie machte eine Geste, die wohl bedeutete, dass sie ihm verziehen hatte. Nach diesem kleinen Geplänkel, das weder der Stadlhuber noch das Annerl recht verstanden, erklärten die Fremden, wie sie auf den falschen Weg geraten waren und dass sie auf der Suche nach einem Ort der Stille und Erholung seien. Und als sie den Hof vom Stadlhuber sahen, da mussten sie einfach kommen. „Hier könnten Sie doch gut Ferienwohnungen anbieten", schlug die Frau gleich geschäftstüchtig vor. „Warum sollt i des toa?", fragte der Alte. „Weil die Leute aus der Stadt so etwas suchen. Abgeschiedenheit, ohne die Welt da draußen!" „Do host fei scho dei Ruh", stellte der Stadlhuber fest. „Könnte ich vielleicht einmal einen Blick hineinwerfen?", fragte die Frau Kreuzpichler. „Naa, do herin is net aufgräumt", erwiderte der Stadlhuber, nun schon etwas unfreundlicher. Langsam ging ihm der ganze Zinnober gewaltig auf die Nerven.

Die Frau schien zu verstehen und hielt sich nun zurück. Der Mann ließ sich vom Annerl noch den Weg zurück zur Hauptstraße erklären und dann verließen die Kreuzpichlers den Hof. „Komische Typen san des!", stellte der Stadlhuber fest und das Annerl pflichtete ihm bei. Sie gingen ins Haus und schlossen die Tür. Gerade, als der Alte wieder bequem im Sessel Platz genommen hatte, da hörten sie schon wieder ein Auto vorfahren. „Na, Herrschaftszeiten, is des do jetzt a Bahnhof", fuhr der Alte auf. Es waren wieder die Kreuzpichlers.

„Entschuldigen Sie bitte noch einmal die Störung, aber ich muss mit Ihnen reden", ergriff Frau Kreuzpichler das Wort. Das Annerl bat sie herein und entschuldigte sich für die Unordnung, aber Frau Kreuzpichler schien dies nicht zu bemerken. „Sie müssen wissen, ich bin Entspannungstrainerin und suche schon lange nach einem Platz wie diesem." Sie sah hilfesuchend zu ihrem Mann. Der ergriff nun das Wort: „Was meine Frau versucht zu sagen ist, ob Sie bereit wären, einen Teil Ihres Hauses zu vermieten, damit wir dort Seminare für Menschen, die die Ruhe suchen, abhalten könnten. Meistens werden die Seminare am Wochenende abgehalten und im Winter, da bleiben wir sowieso in München in unserem Studio!" Der Stadlhuber und das Annerl schauten sich an. „I konn Ihnen bloß den Anbau gebn, aber der is seit Jahrn net bewohnt. Do müssens a ganzes Stück Arbeit neistecka, bevor des wos Gscheits wird." Die Frau war ganz aufgeregt: „Dürfen wir es uns einmal anschauen?", fragte sie. Der Stadlhuber schälte sich wieder aus dem Sessel und ging nach draußen.

Der Anbau, das waren drei kleine Zimmer und ein größerer Dachboden, auf dem man sogar bequem stehen konnte. Dies war ursprünglich als Altenteil gedacht, doch der Stadlhuber musste ja keinen Platz für Schwiegerleut und diverse Enkelkinder machen. Frau Kreuzpichler war ganz euphorisch. „Da kann man wirklich etwas draus machen", sagte sie immer wieder. „Und das Grundstück kann man doch auch nutzen?", wollte sie wissen. „Ihr kennts fei auf die Wiesn naufgehn, des ghert oiß zum Hof." „Großartig", schwärmte Frau Kreuzpichler. „Natürlich muss man noch viel Arbeit hineinstecken, bis man Klienten einladen kann", gab sie zu bedenken. Dem Stadlhuber fiel auf,

dass man noch gar nicht über das Preisliche gesprochen hatte und fragte geradeheraus: „Wos
is denn mitn Diri Dari?". Die Kreuzpichlers
schienen nicht zu verstehen worauf er hinaus-
wollte und so versuchte er es nochmal, etwas
hochdeutscher: „Was wollns denn so zoin, so
monatlich?" Die Kreuzpichlers schienen nun
zu begreifen. Frau Kreuzpichler sah ihren
Mann an. „Was denkst du?", fragte sie. Herr
Kreuzpichler klopfte hier und da die Wand ab
und schritt mit einem sachverständigen Blick
den Boden ab. „Also, mehr als eintausend Euro
solltens nicht sein." Der Stadlhuber traute seinen Ohren nicht: „Wievui?", wollte er nochmal
wissen, nicht ahnend, auf was für einer Gold-
grube er hier offensichtlich saß. „Na gut, tau-
sendeinhundert Euro, aber das ist mein letztes
Wort", ließ Herr Kreuzpichler wissen, der doch
tatsächlich davon ausgegangen war, dass die
eintausend Euro dem Stadlhuber zuwenig gewesen wären. „…natürlich Kaltmiete", schob er
noch hinterher. „Ja, koit is sowieso", dachte
sich der Stadlhuber, rieb sich die Hände und
lachte spitzbübisch in sich hinein.

Ein edler Tropfen

Mittwoch war gekommen und der Stadlhuber wartete auf den Farid. Er schaute immer wieder hinüber zum Haus, aber von dem jungen Mann war nichts zu sehen. „Verflixt nomoi, wo bleibt denn der Bua?", fragte er sich. Der Stadlhuber wollte die Abwesenheit vom Annerl ausnutzen, die auf dem Weg in die Stadt war, um eine Freundin zu besuchen. Sie war schon am Vormittag gefahren und wollte erst spät am Abend zurück sein. Dem Stadlhuber lief nun aber langsam die Zeit davon und kurzentschlossen machte er sich auf den Weg zum Haus vom Gustl.

Als er die Haustür erreichte, da musste er erst mal durchschnaufen. Er war halt noch nicht ganz wieder der Alte. Er klopfte an die Tür und hörte eine Frauenstimme. Die Tür öffnete sich und der kleine Junge stand vor ihm. „Grüaß Gott!", grüßte der Stadlhuber. Hinten an der Küchentür lugte die Frau mit dem Schleier um die Ecke. „I wollt mi noch bedankn für die erste Huife", sagte er laut und sehr deutlich und zeigte dabei auf seinen Oberkörper und das Bein. Der junge Mann kam aus dem Hinterzimmer und schaute den Stadlhuber erstaunt an. „Grüaß Gott, Farid", grüßte der Stadlhuber. Farid erwiderte seinen Gruß und grinste. „Host vagessn, dass mir heit an Schnaps brenna dean?", fragte er. Der Farid schaute ihn fragend an. Der Stadlhuber machte Kreise in die Luft, wie es der Farid gemacht hatte, als er damals in der Scheune den kupfernen Kessel sah. Nun hellte sich das Gesicht des jungen Mannes auf und er nickte. „Jetzt komm, sonst kommt des Annerl zrück un i kriag an Ärger!" Er winkte mit dem Arm, dass der Farid ihm folgen sollte, was dieser auch tat. Unten angekommen, schob er den Farid in den Schuppen und bevor er die Tür hinter sich verschloss, vergewisserte er sich, dass auch niemand sie bemerkt hatte. Nun wurde der Farid in die dunklen Geheimnisse des Schnapsbrennens eingeführt.

Nach mehreren Stunden öffnete der Stadlhuber vorsichtig die Scheunentür und dunkler Rauch stieg nach außen auf. Der Farid suchte den Weg nach draußen in die frische Luft. Der Stadlhuber fragte den Farid, ob es ihm gefallen hätte, worauf er nickte und wiederholt „gutt,

gutt" sagte. „Kumm, hock di her", lud ihn der Alte ein, auf der Bank neben ihm Platz zu nehmen. Er holte zwei Schnapsgläser aus der Hosentasche und gab eines davon dem Farid. „So, jetzt ham mir uns a guats Tröpfaln vadient!", befand er und schenkte den Schnaps in die Gläser ein. „Prost, Farid, loss dir schmecka!", sagte der Stadlhuber und kippte das kühle Nass in seine Kehle.

Der Farid roch zaghaft an der Flüssigkeit und benetzte vorsichtig seine Lippen. Sofort zuckte er zusammen und schüttelte sich. „Wos is?", fragte der Stadlhuber. „Schmeckts dir net?", wollte er wissen. Dem Farid war es etwas unangenehm, denn er wollte nicht unhöflich sein. Er fragte den Alten: „Wein?" Der Stadlhuber schüttelte den Kopf. „Na, des is koa Wein, des is a Schnaps!" Farid suchte nach Worten sich verständlich zu machen, dann sagte er zum Alten: „Muslim nix Wein!" Das hatte der Alte auch noch nicht gehört. Er versuchte mit deutlichen Worten zu erklären, dass der Schnaps Medizin sei und kein Wein. Er tat so, als wenn ihm der Magen schmerzte und zeigte, wie schnell es ihm gleich wieder besser wurde mit der Einnahme eines Glases Schnaps. „Schnaps is a Dokta für de arma Leit!", erklärte er im Brustton der Überzeugung. Der Farid setzte das Glas an die Lippen und nahm einen kleinen Schluck. Gleich darauf schüttelte er sich wieder und wollte das Glas aus der Hand stellen, aber der Stadlhuber nickte ihm freundlich zu und gestikulierte, dass der Farid das ganze Glas auf einen Zug leer trinken solle. Der Farid war ein höflicher Mensch – und so tat er wie ihm geheißen. Nun schien es, dass er kaum atmen konnte, doch der Alte lachte und klopfte ihm auf die Schulter. „Recht so!", ließ er ihn wissen und schenkte gleich noch einmal nach. „I füll dir a Flascherl ab, wennst des nächste Moi kumma tuast!" Die Begeisterung beim Farid hielt sich in Grenzen, aber vielleicht hatte er den Alten auch gar nicht richtig verstanden. Er stand auf und musste sich aber erst ein wenig ausbalancieren bevor er nach Hause aufbrach.

Als das Annerl am Abend nach Hause kam, da saß der Stadlhuber in seinem Ohrensessel und schlief den Schlaf des Gerechten. Sie konnte die leichte Fahne, die der Alte vor sich herschwang, deutlich riechen. „Des konn ja no heiter wern!", dachte sie bei sich. – Und wie recht sie damit hatte!

Nachtausflug mit Folgen

Heute Abend hatte sich das Annerl fesch zurechtgemacht, denn heute war der Tag, an dem sie mit dem Herrn Doktor zum Fest gehen sollte. Der Stadlhuber frotzelte herum, dass sie sich nur ja recht aufputzen sollte, damit der Doktor auch anbeißen tät. Das Annerl schnaubte verächtlich: „Ah geh Vater, i geh ja nur mit, weil er so hartnäckig bitt hot. Und übrigens gibt er mir de Medikamente aus dem Schrank, de i sonst teier zoin müsst. Oder host di net gwundert, wie du des Zeig kriagt host, ohne Geld?"

Der Alte musste zugeben, dass er dem Doktor was schuldig war. Er tät ihm ja auch das Annerl gebn, wenn die nur nicht so starrköpfig wär und sich so sträuben tät. „Dann mach dir amoi a schena Abend!", gab er ihr mit auf den Weg. Das Auto vom Doktor hielt gerade vorm Haus. „Pfiaddi Vater!", verabschiedete sich das

Annerl und ging hinaus. Der Stadlhuber schob die Gardine leicht zur Seite, um noch einen Blick auf das Paar zu werfen. Der Doktor erblickte ihn und winkte ihm kurz zu. Der Stadlhuber nickte. „Wos für a schens Paar", dachte er bei sich und schaute den sich entfernenden Rücklichtern des Wagens hinterher.

Gerade als er sich vom Fenster entfernen wollte, da hörte er ein Moped kommen. Erstaunt blieb er am Fenster stehen und sah den Scheinwerferkegel sich dem Haus nähern. Ein junger Mann hielt gerade beim Stadlhuber vorm Fenster und machte aufgeregt Zeichen, dass der das Fenster öffnen sollte. Der Stadlhuber tat, wie ihm geheißen. „Grüaß di Stadlhuber", grüßte der junge Mann, der seinen Sturzhelm abgenommen hatte und nun für den Stadlhuber als einer von Tonys Kumpanen zu erkennen war. „Ja grüaß di, Sepp, wos treibt di denn do raus? Der Tony is aber ned do!" Der Sepp machte ein erschrockenes Gesicht. „Ned do?", fragte er. „Woaßt, wann er wegganga is?", wollte er wissen. „so vor a hoibn Stund", erwiderte der Alte. „Scheiße!", entfuhr es dem jungen Mann. „Wenn der Tony doch noch kimmt, dann sogst eam, dass mia obblasn ham. Des is ganz wichtig, dass du eam des sogst, host mi vastandn?" Der Stadlhuber wurde nun auch unruhig. „Wos habts obblosn?", wollte er wissen. „Des brauchst ned wissn. I suach no nachm Tony, vielleicht find i n ja no. Pfiaddi!" Sprachs und sauste auf seinem Moped davon. Der Stadlhuber überlegte: „Wos ham jetzt de heid wieder vor?" Langsam aber dämmerte es ihm. Heute war kaum einer zu Hause, alle gingen auf das Volksfest. Das bedeutete eine Menge leerer Häuser und Halunken, die wo einsteigen wollten. Der Stadlhuber hatte eh keine gute Meinung mehr vom Tony. Er konnte sich noch gut an die Handverletzung erinnern, die der Tony versucht hatte vor ihm zu verstecken. Und die aufgebrochenen Zigarettenautomaten im Dorf, von denen der Doktor dann gesprochen hatte, brachten eins und eins für den Stadlhuber zusammen. Nein, Illusionen machte er sich keine mehr, aber immerhin war der Tony sein Sohn und den musste man vor Schlimmerem bewahren. Schließlich setzte er auch den guten Namen der Familie aufs Spiel.

Der Stadlhuber überlegte, was er tun konnte um ein Unglück noch abzuwenden. Der VW-Bus stand vorm Haus. Die Schmerzen im Bein waren aber immer noch so arg und außerdem war er seit vielen Jahren nicht mehr mit dem Auto gefahren. Er überlegte und kratzte sich seinen Schnurrbart. Da fiel ihm ein, er könnte doch den Farid fragen. Er wusste zwar nicht, ob der mit einem Auto fahren konnte, aber fragen konnte er ja mal. Er schnappte sich die Taschenlampe und verließ das Haus.

Nach einem kurzen, jedoch beschwerlichen Fußmarsch kam er beim Gustl seinem Haus an. Er klopfte und der Farid öffnete. Er lächelte den Alten an und machte ihm Platz, um ihn hineinzubitten. Der Alte winkte dankend ab. „Dank dir Farid, aber i hob koa Zeit ned. Konnst du mit am Auto fahrn?", fragte er geradeheraus und machte Motorengeräusche und Lenkbewegungen, als würde er in einem Auto sitzen. Der Farid schien zu begreifen und nickte. „Dann kumm!", sagte der Stadlhuber und machte eindeutige Armbewegungen. „Mir müssn uns sputn, wer woaß, wos der sonst noch oiß ostelln tuat!" Der Alte lief, so schnell er eben konnte voran und der Farid, der kaum Zeit hatte eine Jacke überzuziehen, lief hinterdrein. Am Hof angekommen übergab der Stadlhuber den Zündschlüssel an den Farid, der etwas unsicher in das Auto einstieg. „Wos is? Worauf woarts denn?", fragte der Stadlhuber, als der Farid zögerte. Endlich startete der den Motor und langsam setzte sich der alte VW-Bus in Bewegung. Je länger Farid fuhr, umso sicherer wurde er.

Man merkte, dass er wohl daheim gewohnt war ein Auto zu fahren.

Es war stockdunkel und die Straße war kaum zu erkennen. Der Alte schaute nach rechts und links in der Hoffnung, den Tony vielleicht zu sehen und ihm die Nachricht vom Sepp noch rechtzeitig mitteilen zu können. Der Farid sah weder nach rechts oder links, sondern starrte geradeaus, wo die Straße verlief. Er klebte mit der Nase fast an der Windschutzscheibe. Der Stadlhuber sah plötzlich etwas wie ein Schatten aus dem Dickicht hervorkommen und schrie entsetzt „pass auf!", doch Farid konnte nicht mehr reagieren. Sie spürten einen Aufprall und wussten, dass sie über etwas rübergefahren waren. Der VW-Bus stand, aber keiner der beiden wollte aussteigen. Der Farid war weiß wie eine Wand und seine Hände zitterten.

Der Stadlhuber hatte sich als Erster halbwegs wieder unter Kontrolle. Er sagte nichts und stieg aus, um sich das Opfer genauer zu betrachten. Der Farid schloss die Augen und schickte ein Stoßgebet zu Allah. Plötzlich wurde er vom Stadlhuber am Arm aus dem Bus gerissen. „I brauch dei Huif!", sagte er und hatte ein verschmitztes Lächeln im Gesicht. „Komm und schau dir o, wos mir erlegt hom!"

Der Farid sah auf ein totes Schwein hinab, das eindeutig ein genussvolles Leben geführt hatte. So ein Schwein hatte ein gutes Zuhause gehabt – und der Stadlhuber wusste auch wo. Der Farid atmete erleichtert auf, weil es nur ein Tier und kein Mensch gewesen war, was er erwischt hatte. Der Stadlhuber trieb ihn sogleich an, mit ihm zusammen das Schwein im Laderaum des Autos zu verstauen. „Kumm Farid, mir müssn hoam!" Der Tony war fürs erste vergessen und der Stadlhuber überlegte schon, was er so alles mit dem Schwein anstellen könne. Zu Hause angekommen, trugen der Alte und der Farid das Schwein in die Scheune und der Stadlhuber legte noch eine alte Decke darüber. Der Farid atmete tief ein und wischte sich die Stirn. Dann guckte er zur Destillieranlage und sagte in seinem morgenländischen Bayrisch: „Medizin guat!" Der Stadlbauer verstand. „Ja, do host recht, Farid. Auf den Schreck müssn mir erst omoi a Schluck nehma!"

Er ging in die Küche, holte zwei Gläser und nahm auch noch zwei Brezn mit, die das Annerl frisch gebacken hatte. „Die besten Brezn von ganz Bayern", verkündete er stolz und mit einem „Prosit!" stieß er mit dem Farid an, der diesmal schon wusste, dass er den Schnaps besser vertragen konnte, wenn er ihn in einem

Schluck trank und gleich in eine der besten Brezeln Bayerns beißen konnte. Der Stadlhuber
nahm den Farid zur Seite und sagte: „Farid, du
derfst fei nix sogn, dass mir de Sau ums Eck
brocht habm, verstehst?" Und der Stadlhuber
zeigte in Richtung Schwein und legte den Zei-
gefinger an die Lippen. Der Farid tat es ihm
nach. Nach einem letzten Glas verließ der Farid
die Scheune und ging nach Hause, der Stadlhuber aber hatte noch etwas vor, und das sollte
die ganze Nacht dauern.

Eine schöne Schweinerei

D er Stadlhuber schnarchte noch immer vor sich hin, obwohl es schon längst Mittagszeit war. Das Annerl hatte immer wieder versucht ihn zu wecken, aber außer einem ungnädigen Grummeln brachte sie nichts aus ihm heraus. Sie hatte schon überlegt, den Doktor zu holen, aber nachdem der Stadlhuber eigentlich einen ganz zufriedenen Gesichtsausdruck hatte, entschied sie sich, noch zu warten. Als der Alte dann gerade halbwegs wach war, da hörte er ein Auto auf den Hof fahren. Neugierig zog er eilig seine Hose an und ging in die Küche. Das Annerl stand schon in der Tür und der Stadlhuber hörte Stimmen. Eine von denen gehörte dem Bürgermeister, das wusste er genau.

Humpelnden Schrittes arbeitete er sich mühsam an die Gruppe heran. Die andere Stimme gehörte dem Leitner Ferdinand, was der Dorf-

gendarm war. „Wos habt denn ihr zwoa do ver-
lorn?", fragte der Stadlhuber. „Sags ihm!", forderte der Bürgermeister den Ferdinand auf,
noch bevor der überhaupt den Mund hatte auf-
tun können. „Stadlhuber", begann der sehr
ernst, „wir haben den Tony einer Straftat über-
führt." Der Leitner Ferdinand gab sich immer
große Mühe, ausnehmend deutlich und wenn
es ging in Hochdeutsch zu reden. Er hatte noch
viel vor in seiner Laufbahn als Polizist und
hoffte, auf diese Weise die Karriereleiter
schneller erklimmen zu können. Dem Bürgermeister aber ging das alles viel zu langsam und
er übersetzte: „Eingbuchtet hams den Tony,
und des gschieht dem ganz recht!", befand er.

Der Stadlhuber wandte sich an den Leitner
Ferdinand. „Wos hod er denn do?" „Er ist in
den Saustall vom Bürgermeister eigstiegn und
hat versucht die Rosa zu stehlen, und dabei
sind alle anderen Schweine durchgebrannt. Es
sind mittlerweile zwar alle Schweine bis auf eines wieder da, aber es bleibt doch das Delikt
des versuchten Diebstahls und des Hausfrie-
densbruchs", schloss er seinen Bericht. Die Sau
Rosa war des Bürgermeisters ganzer Stolz.
Wenn man bei einem Schweinewettbewerb
wusste, dass der Bürgermeister die Rosa brin-

gen würde, dann nahmen kaum noch Einheimische teil, denn die Rosa gewann immer. Sie war schon ein fesches Schwein, und dagegen zu konkurrieren war schon schwer. Doch das Schlimmste war die Angeberei vom Bürgermeister. Das war der eigentliche Grund, warum die meisten Leute keine Lust mehr hatten dort teilzunehmen.

„Und wo is der Tony jetzt?", wollte der Stadlhuber wissen. „Ja, do wo er hinghört, im Gfängnis!", mischte sich der Bürgermeister wieder ein. „I daad ja a Aug zuadrucka und koa Anzeig erstattn, wennst a bissl mehr Einsicht zoagst, mit deim Hof, …mia verstehn uns doch, Stadlhuber?", schloss der Bürgermeister schmeichlerisch sein unmoralisches Angebot. Der Stadlhuber schnaubte: „Wenn der Tony wos ogstellt hot, dann muss er die Suppn aa selbst auslöffln, oid gnug is er ja!", und damit ließ er sie stehen und ging zurück indie Küche. Dort ließ sich der Alte in den Ohrensessel fallen. Dieser Trottel, der Tony! Hatte der nichts anderes zu tun, als immer wieder Scherereien zu machen? Nun konnte der Stadlhuber auch nichts mehr für ihn tun, weil er es ja auch so dem Bürgermeister und dem Leitner Ferdinand gesagt hatte. Aber wohl in seiner Haut fühlte er sich ganz und gar nicht.

Das Annerl kniete sich neben den Alten in seinem Ohrensessel und fragte: „Vater, wos willst denn jetzt macha mit dem Tony?" Der Alte zuckte mit den Schultern. „Do muss der sich wos oifoalln lassn, i konn do gar nix toa – oder willst du den Hof hergebn an den Bürgermoaster?" Das Annerl schüttelte entschieden den Kopf. So starrten beide gleichermaßen hilflos zum Fenster hinaus.

Es geht um die Wurst

Am Nachmittag, nachdem beide ein schweigsames Mittagessen eingenommen hatten, wollte das Annerl ins Dorf fahren um einzukaufen und nach dem Tony zu schaun. Vielleicht konnt man ja doch noch was für ihn tun. Der Stadlhuber wollte ihre Abwesenheit nutzen, um in der Scheune sauberzumachen und das Fleisch fortzuräumen. Zum Glück hatte er noch die Kühltruhe stehen, die ihm in den Zeiten der Jagd gute Dienste geleistet hatte.

Gerad als er den Scheunenboden mit Wasser abscheuerte, klopfte es zaghaft an der Tür. „Wer is do?", wollte der Alte wissen. Anstatt einer Antwort öffnete sich die Tür und der Farid trat ein. „Ah, du bists! Komm scho rei und mach de Tür zua!", wies er ihn an. Der Farid schaute sich um. „Ja, do schaugst, Farid! Die Sau is zerlegt – und woaßt, wem de ghört hot? Dem Bürgermoaster!" Farid schien nicht zu verstehen, aber er lächelte freundlich. Da fiel dem Stadlhuber ein, dass er dem Farid ja auch was schuldig war, schließlich hatte er ihn ja angestiftet mit dem Auto zu fahren. Er ging an die alte Kühltruhe und winkte den Farid heran. „Schau Farid, do konnst dir wos raussuacha! Mogst a Stückl Nacken oder mogst liaba a Wuascht?", fragte er und hielt ihm ein paar Würstchen vor die Nase. Der Farid winkte ab: „Muslim nix Wuascht!", entgegnete er. Der Stadlhuber sah ihn erstaunt an. „Ja hör amoi, Farid. Koan Wein ned und aa koa Wuascht, wo host denn do a Freud im Lebn?" Farid schaute ihn an und machte eine Geste gen Himmel. „Allah Freud in Lebn!" Der Stadlhuber war beeindruckt. „Ja Farid, von deim Gottglaubn, do konn si so mancha Katholik a Scheibn obschneidn!"

Bevor der Stadlhuber aber noch über seinen eigenen Gottesglauben nachdenken konnte, hörte er wieder ein Auto vorfahren. Er lugte durch das schmutzige Fenster in den Hof. Es war der Bürgermeister, diesmal allein. Er schaute zum Haus und stieg zögernd aus seinem Auto aus. Er blieb hinter seinem Auto in Deckung und rief nach dem Stadlhuber. „Do sigst amoi, wos der Bürgermoaster für a Feigling is", raunte er dem Farid zu. Er beobachtete, wie der Herr Bürgermeister langsam zum Haus ging, dann kurz tief einatmete und klopfte. Als keiner antwortete, da öffnete er die Tür ein wenig und rief nach dem Annerl. Als dann immer noch keine Antwort kam, da drehte sich der Bürgermeister nicht etwa auf dem Absatz um und ging zu seinem Auto, nein!! – er verschwand im Haus. „So a Sauhund, a dreckerter!", kommentierte der Stadlhuber. Seine Flinte war leider im Haus und wie gern hätte er dem Herrn Bürgermeister eine Ladung Schrot in den Allerwertesten geblasen.

Nach einiger Zeit kam dieser wieder heraus und schaute sich um. Plötzlich nahm er Kurs in Richtung Scheune. Da der Bürgermeister selbst auch schlachtete, war es klar, dass er sofort erkennen würde, dass hier ein Tier in seine köstlichen Einzelteile zerlegt worden war, und da er nicht vollständig verblödet war, so konnte er eins und eins zusammenzählen und dem Stadlhuber dadurch richtig das Leben zur Hölle machen. Der Alte machte dem Farid ein Zeichen, im Schuppen zu bleiben. Kurz bevor der Bürgermeister die Scheune erreichte, trat der Stadlhuber vor die Tür. „Ah, der Herr Bürgermoaster! Wos für a zweifelhafte Ehre und des glei zwoamoi am Tag!" „I hob denkt, mia redn no omoi mitanand, so von Mann zu Mann, ohne

Polizei", erwiderte der Bürgermeister in scheinbar versöhnlichem Ton. „I hob gsogt, wos gsogt werdn sollt – und jetzt schleich di!" Der Bürgermeister wurde langsam zornig. „Wos machst do eigentlich in dera Scheune herinn? Du, wenn du mit dem Diebstahl wos zum toa hast, dann kannst die fei warm oziagn, und de Polizei daad sich sicher aa dafür intressiern!"

Der Stadlhuber ging jetzt einen Schritt auf ihn zu und der Bürgermeister wich sogleich zurück, denn er wusste, dass er mit dieser Anschuldigung eindeutig zu weit gegangen war. „I hobs scho amoi gsagt, dass du di schleichn soist, und die Polizei konnst glei aa mitbringen, dann werd i di wegen Hausfriedensbruch ozoagn, oder bist vielleicht ned ohne Einladung in mei Haus eibrocha?"

Dem Bürgermeister wurde es langsam unangenehm. „Und wenn i nachschau und do fehlt wos, dann kriagst no a Anzeige hinterher wegn Diebstahl, host mi?" Der Stadlhuber schritt immer weiter auf den Eindringling zu, und der stolperte fast beim Versuch einen möglichst großen Abstand zwischen ihnen beizubehalten. Im Übrigen war er sich nicht sicher, ob der Stadlhuber nicht vielleicht doch gesehen hatte, dass er sich von dem Schnupftabak, der auf

dem Küchentisch lag, eine Prise genehmigt
hatte.

Da der Bürgermeister aber immer das letzte
Wort haben musste, so rief er dem Stadlhuber
zu: „Do is des letzte Wort no ned drüber gredt,
des konnst mir glaubn!" Und mit dieser An-
kündigung sprang er in sein Auto und fuhr davon. Der Stadlhuber ging zurück in die
Scheune. Der Farid stand da und lächelte. „Des
war knapp!", ließ der Alte wissen. Der Farid
zeigte nach draußen. „Bees", sagte er mit seinem typischen Akzent, was übersetzt „böse"
heißen sollte. Der Stadlhuber lachte: „Ja, a richt-
ger Deifi!" Er schenkte zwei Gläser Schnaps ein
und die beiden tranken auf den Schrecken einen großen Schluck von ihrer „Medizin".

Das Versteck

So froh der Stadlhuber auch war, dass der Bürgermeister wieder fort war, so sicher war er sich aber auch, dass der bald wiederkommen würde. Der ließ die Sache bestimmt nicht auf sich beruhen. Und schon gar nicht, wenn er die Möglichkeit sah, dem Stadlhuber ans Bein zu pinkeln. Den Hof vom Alten zu bekommen, war ihm immer noch jede Gaunerei wert. Der Stadlhuber überlegte, wo es für das Fleisch ein sicheres Versteck gab, wo es zwar zugänglich für ihn, aber vom Bürgermeister nicht zu finden war. Ganz plötzlich fiel ihm die Lösung des Problems ein, die ihm so perfekt erschien, dass er sich erfreut die Hände rieb.

Er nahm ein paar Tüten aus der Küche, die das Annerl immer in der Eckbank aufbewahrte, und verteilte das Fleisch darin. Schwer bepackt und schnaufend kam er am Haus vom Gustl an. Als er klopfte, öffnete wieder der kleine Junge.

„Grüaß di Gott, is der Farid do?", fragte er. Der kleine Junge nickte und verschwand im Haus. Um die Ecke der Küche lugte die Frau mit dem Schleier hervor. „Grüaß di Gott!", grüßte der Stadlhuber höflich und zog seinen alten Filzhut. Die Frau grüßte mit einem kaum wahrnehmbaren Nicken zurück. Der Farid erschien lächelnd und ließ ein fröhliches „Grüaß Gott!" ertönen, fast wie ein richtiger Bayer. Der Stadlhuber erwiderte seinen Gruß und kam gleich zur Sache.

„Farid, du woaßt ja, dass der Bürgermoaster immer auf mein Hof do herumschleicha toat. Und wenn der des Fleisch finden toat, dann geh i aufm direkten Weg ins Gfängnis, oder er nimmt mir den Hof!" Der Farid schien nicht alles zu begreifen und der Stadlhuber wiederholte alles noch mal, unterstrichen mit den entsprechenden Gesten. Der Farid war nun genau so schlau wie vorher. Er zeigte auf die Tüten und der Stadlhuber ließ ihn hineinschauen. „I hob ma denkt, dass du des Fleisch bhalst, und i kimm dann, wenn i wos brauch, oder wenn ma da Bürgermoaster nimma so nah aufn Pelz ruckt!" Der Farid schaute den Alten perplex an. „Muslim nix Wuascht, nix Schweinfleisch! Allah bees!"

Der Stadlhuber wischte sich mit einem Taschentuch den Schweiß von der Stirn. Er versuchte dem Farid klarzumachen, dass dieser das Fleisch gar nicht essen sollte, sondern nur für ihn aufheben, doch der Farid winkte immer wieder ab. „Nix Wuascht in Haus!", erklärte der Farid. Der Stadlhuber überlegte, was nun zu tun war. „Und wos is mit dera oiden Waschküchn? De brauchts doch gar ned!" Der Farid schaute ihn fragend an. Der Stadlhuber stellte die Tüten ab und nahm den Farid beim Arm. An der Waschküche machten sie halt. „Wuascht hier?", fragte der Alte. Der Farid war sich nicht sicher. „Nix koit hier", gab er zu bedenken. Der Stadlhuber hatte aber auch dafür eine Lösung. „Do bringmaeinfach de Kühltruha do nauf, wenns dunkl is!"

So war es beschlossen und der Alte ging mit seinen Tüten beladen wieder zu seinem Hof zurück. Mit dem Farid war ausgemacht, dass er um zehn Uhr zum Stadlhuber kommen sollte und sie gemeinsam die Truhe hinauf zu ihm brachten.

Das Annerl war noch nicht zurück. Die verbrachte jetzt immer häufiger die Abende auswärts. Beim Tony war sie auch gewesen. Der Bürgermeister hatte Anzeige erstattet und der Tony wurde bis zu seiner Gerichtsverhandlung auf freien Fuß gesetzt. Nach Hause kommen wollte er aber nicht. Lieber wollte er bei einem Freund in München unterkommen, damit er nicht ständig den Leuten im Dorf über den Weg laufen musste. Außerdem war ihm eine Begegnung mit dem Stadlhuber auch nicht so angenehm. Für den Stadlhuber war das ein Zeichen, dass beim Tony Hopfen und Malz wohl doch noch nicht so ganz verloren war. Er schien ja doch noch ein Gewissen zu haben.

Gegen halb elf war der Farid endlich da. Gemeinsam gingen sie zur Scheune und zogen die Truhe, die zum Glück auf Rollen lief, hinaus zum VW-Bus und luden sie ein. Dann fuhr der Farid, der immer noch ein unsicherer Fahrer war, mit dem Stadlhuber zum Haus vom Gustl. Dort wurde die Truhe in die Waschküche geschafft und das Fleisch, das der Alte noch in den Tüten hatte, zurück in die Kühltruhe gelegt. Draußen schloss der Farid die Tür gewissenhaft zu und hielt dem Stadlhuber den Schlüssel hin. Der Stadlhuber zögerte. „Ja Farid, i konn doch koan Schlüssel für dei Waschküch ned hobm." Doch der Farid blieb hartnäckig: „Is dei Wuascht!"

Unter Verdacht

Der Stadlhuber hatte wirklich ein gutes Gespür für Gefahren, denn schon am nächsten Abend schneite wieder einmal der Bürgermeister vorbei, begleitet von der Staatsgewalt in der Person vom Leitner Ferdinand. Mit dem im Rücken marschierte der Herr Bürgermeister mutig und forschen Schrittes auf das Haus zu. Er klopfte und rief: „He, Stadlhuber mach auf!" Der Stadlhuber öffnete – mit der Flinte in der Hand. Angesichts der drohenden Gefahr wich der Bürgermeister hinter den breiten Rücken des Leitner Ferdinands zurück. „Na, na, Stadlhuber, wer wird denn gleich mit der Waffe drohen?", fragte dieser beschwichtigend. „Des schaugt dem gleich!", ertönte die Stimme des Bürgermeisters aus der sicheren Deckung. – „I woaß gar ned, wos ihr habts. I hob grod mei Bix sauber gmacht", erklärte der Alte in aller Ruhe.

„Du, Stadlhuber, der Bürgermeister beschuldigt dich, dass du was mit seinem verschwundenen Schwein zu tun hast, stimmt das?" „Wos soll i denn damit zum toa habm?", wunderte sich der Stadlhuber. „Es wurde der Verdacht geäußert, dass du das Schwein geschlachtet haben könntest." „Des muass a Hausdurchsuchung gebn!", meldete sich wieder der Bürgermeister zu Wort. Dem Leitner Ferdinand war anzusehen, dass ihm nicht so recht wohl war in seiner Haut. Er räusperte sich: „Hast du etwas dagegen, wenn ich mich hier einmal ein bisschen umschaue?", fragte er ohne rechte Überzeugung. „Ja, und ob i wos dagegn hob!", entgegnete der Stadlhuber. „Wennst des ablehnst, dann hast aa wos zum verbergn!", giftete der Bürgermeister. Gerade, als sie so beieinander standen, kam das Auto vom Doktor vorgefahren.

Das Annerl und der Doktor stiegen aus. „Wos is denn do los?", wollten sie wissen. „Die Herren wolln a Hausdurchsuchung machn, weil sie glaubn, dass i a Sau gschlacht hob!", erklärte der Stadlhuber. Dem Leitner Ferdinand schien das alles sehr peinlich zu sein. Er räusperte sich verlegen: „Hausdurchsuchung würd ich das jetzt nicht grad nennen. Eher eine „Sichtung der Beweislage." Der Bürgermeister schien nun keine Geduld mehr zu haben. „Gnug gredt! Jetzt mach dei Arbeit, Leitner!", forderte er diesen auf und schickte sich an, in Richtung Scheune zu eilen. „Moment amoi!", ergriff jetzt der Doktor das Wort. „Du woaßt, dass du koa Recht host, ohne an Durchsuchungsbefehl des Haus und den Hof zum durchsuacha! Der Stadlhuber konn eich ozoagn, wegn Hausfriedensbruch – und ob des so a guate Idee is…?" Der Bürgermeister zögerte. „Warum bist du dann auf dene eana Seiten, Dokta?", fragte er misstrauisch. Dann guckte er zum Annerl und sah den Doktor dann wieder an, als ob er plötzlich nach einer angeborenen Blindheit das erste Mal im Leben sehen konnte.

„Ja, do schau her! Der Dokta und des Annerl, wer hätt des denkt? Des machst grad recht, Annerl, dass du dir wos mit Zukunft suachst, anstatt auf dem oiden Hof zum verrottn!" Jetzt langte es dem Stadlhuber aber ganz gewaltig. Aber noch bevor er richtig mit der Flinte auf den Bürgermeister zielen konnte, nahm der Doktor ihm diese geschickt ab und riet den beiden ungebetenen Gästen, das Grundstück doch besser zu verlassen und wenn, dann nur mit einem gerichtlichen Hausdurchsuchungsbefehl wiederzukommen. Der Bürgermeister wollte noch etwas erwidern, doch der Leitner Ferdinand hielt ihn zurück und drängte ihn zum Auto.

Froh, diese Schlacht gewonnen zu haben, holte der Stadlhuber eine Flasche von seinem Schwarzgebrannten aus der Scheune und schenkte drei Gläser ein. „Des war a rechts Vergnügn!", freute er sich und stieß mit den beiden fröhlich an. „Du host doch hoffentlich ned wirklich wos damit zum toa?", fragte das Annerl. Der Stadlhuber tat so, als hörte er sie nicht. „Und wos is mit eich? Seits jetzt a Paar?", lenkte er schlau von sich ab. Dem Annerl stieg die Verlegenheitsröte ins Gesicht: „Ja hör amoi, Vater!", versuchte sie ihn zurechtzuweisen, allerdings wirkte sie nicht sehr überzeugend. „Naa lass nur, Annerl", mischte sich jetzt der Doktor ein. „A Paar san mir ned, aber Freunde samma gwordn. Und wos draus no werd, des woaß nur der Herrgott alloa", schloss er und zwinkerte dem Annerl zu, die daraufhin einen noch tieferen Rotton entwickelte, sich aber sichtlich geschmeichelt fühlte.

„Ja, des is scho recht!", freute sich der Stadlhuber. Als sich das Annerl später um den Abwasch kümmerte, wandte sich der Alte mit gedämpfter Stimme an den Doktor, damit das Annerl sie auch ja nicht verstehen konnte: „

Woaßt, des Annerl is a guats Madl. Die kon arbatn, ned so wie der Tony! Aber woaßt, wenn du an Nachwuchs ham wuist, dann konnst fei nimmaso lang wartn. Des Annerl is scho üba Dreissgeund do lodert des Feuernimma so hoaß, wennst verstehst, wos i moan", versuchte er die Fruchtbarkeit bei Frauen ab einem gewissen Alter zu umschreiben. Den Doktor schienen die Erkenntnisse des Alten zu amüsieren. „Da mach dir amoi koane Sorgn ned, Stadlhuber. I bin Arzt, und i hob dahoam an Schrank voller Pillen!" Das schien den Alten zu beruhigen und in bester Stimmung füllte er die Gläser noch ein weiteres Mal.

Veränderungen

Nun war es mit der Ruhe auf dem Hof vorbei. Der Stadlhuber hatte mit den Kreuzpichlers ausgemacht, dass er die Tür in Ordnung bringen sollte während sie sich um den Rest kümmerten. Das bedeutete, dass morgens um acht die ersten Handwerker im Anbau einen Heidenlärm veranstalteten und der Stadlhuber schon beim Frühstück um seine gewohnte morgendliche Ruhe gebracht wurde. Allerdings hatten die Kreuzpichlers schon die Miete überwiesen und dadurch die Situation für den Stadlhuber etwas erträglicher gemacht. Der Farid wollte dem Stadlhuber helfen und fand sich auch schon in der Früh ein. Es stellte sich heraus, dass der ein recht guter Handwerker war. Das war auch gut so, denn dann brauchte der Stadlhuber ihm nicht so viel zu erklären. Ohne den Stadlhuber fing er dann an zu schrauben und zu bohren. Er kam mit den anderen Handwerkern gut zurecht und sie teilten gerne ihr Werkzeug mit ihm.

Das Annerl hatte übernommen, für alle eine Brotzeit herzurichten und als der kleine Junge vom Gustl seinem Haus, was der Neffe vom Farid war, dazukam, da war es schon fast familiär. Ein paar Tage später kamen zwei Frauen in schwarzen Tüchern verhüllt, auf den Hof. Die eine Frau war die Schwester vom Farid, die Ärztin und die andere seine Mutter. Sie sahen wohl keinen rechten Sinn mehr darin, allein im Haus zu bleiben, während die „Männer" der Familie ihre Mahlzeiten beim Stadlhuber einnahmen. Sie brachten das Essen für den Farid und den Jungen und setzten sich abseits, um zu warten, bis diese fertig waren.

Der Stadlhuber fragte den Farid nach den Verwandtschaftsverhältnissen. Nach einigen Verständigungsschwierigkeiten, die vom Stadlhuber einen gewissen Körpereinsatz abverlangten erfuhr er, dass seine Mutter Amina, seine Schwester Selima und sein Neffe bei ihm lebten. Sein Vater war schon früh gestorben und seine Schwester war auch vor kurzem Witwe geworden. Ihr kleiner Sohn, Farids Neffe, hieß Nadir und war fünf Jahre alt. Das Annerl ging hinüber zu den beiden Frauen und bot ihnen etwas zu trinken an. Sie nickten und nahmen dankend an. Sie hoben mit einer Hand den Schleier etwas an, um das Glas zum Mund führen zu können. Alle, die draußen bei ihrer Brotzeit saßen, beobachteten das Schauspiel mit unverhohlener Neugier. Die beiden Frauen bemerkten es und es schien sie zu amüsieren. „Wos gibts denn do zum schaugn?", fragte das Annerl und gab dem Handwerker, der ihr am nächsten saß einen leichten Klaps auf den Hinterkopf. Der Stadlhuber räusperte sich, um das Schweigen zu brechen und erinnerte die Leute daran, dass es noch viel zu tun gab. Der kleine Junge stellte sich vor den Stadlhuber und beobachtete genau, wie der eine Prise vom Schnupftabak nahm. Als der dann nieste und ausschnaubte, da lachte der Junge, wie nur Kinder lachen können und alle anderen wurden davon angesteckt, auch der Stadlhuber.

In diese leichte Stimmung platzte der Bürgermeister, der natürlich schon von den Handwerkern im Dorf gehört hatte, dass beim Stadlhuber einiges gerichtet würde. Nun konnte er seine Neugier nicht länger bezähmen und wollte sich selbst davon überzeugen. Er hatte noch den Leitner Ferdinand gefragt, ob der ihn nicht begleiten wolle, nur für den Fall, dass er das Opfer einer Straftat werden würde, aber der winkte dankend ab. Der hatte auch schon genug davon, vom Bürgermeister immer vorgeschoben zu werden. Also blieb dem diesmal nichts anderes übrig, als diesen Weg allein zu gehen.

Als er auf den Hof kam, da staunte er nicht schlecht, was für eine bunte Truppe da am Werke war. Der Stadlhuber ging gleich auf ihn zu, damit der Bürgermeister nicht glaubte, er wäre hier willkommen. „Grüaß di Gott, Stadlhuber!", grüßte er mit falscher Freundlichkeit. „Do is ja ganz schee wos los bei dir! I hob ghört, Mieter host jetza!" „Schleich di! Du host do nix zum suacha!", riet der Stadlhuber ihm angriffslustig. Gerade jetzt fuhr das Auto von den Kreuzpichlers vor. Beide stiegen aus und Frau Kreuzpichler fing gleich an in ihrer gewohnten Art zu flöten. „Ach, ist das reizend geworden! Schau doch, Schatzl!", wandte sie sich an ihren Gatten. Der pflichtete ihr bei, obwohl es sich ja nur um eine ausgewechselte Türklinke handelte.

„Lieber Herr Stadlhuber", wandte sie sich jetzt an den Alten. „Ich weiß gar nicht, was ich ohne sie tun sollte. Sie haben hier ja alles so wunderbar im Griff!", lobte sie weiter. Ein junger Bursche, der neben dem Stadlhuber hockte, unterdrückte ein grunzendes Lachen, wobei er sich gleich eine vom Alten einfing. Das Lob war natürlich Wasser auf seinen Mühlen. „Ja, i tua hoit, was i ko!", antwortete der.

Der Bürgermeister, der es nicht leiden konnte, wenn sich niemand um ihn scherte, hüstelte und drängte sich nach vorn. „Ah, jetzt lern i Sie endlich aa amoi kenna!", setzte er sich in Szene. Die Kreuzpichlers schauten erst einander und dann den Stadlhuber fragend an. „I bin der Bürgermeister vom Ort, Weidinger Max", stellte er sich mit einer leichten Verbeugung vor. „Oh, der Herr Bürgermeister persönlich! Wenn das keine Ehre ist!", flötete Frau Kreuzpichler. „Sie müssen unbedingt einmal vorbeikommen, wenn alles fertig ist!", lud sie ihn ein. Der Bürgermeister schaute triumphierend den Stadlhuber an, aber der zog ihm gleich gründlich den Zahn: „Des werd fei ned geh, weil der Herr Bürgermoaster ist auf dem Hof ned erwünscht!" Frau Kreuzpichler, die sich mittlerweile in einen Katalog über Dekorationsstoffe verloren hatte, blickte kurz auf. „Das ist natürlich schade, aber der Herr Stadlhuber hat hier ja das Hausrecht! – Adieu, Herr Weidinger!", rief sie ihm als Abschied zu und vertiefte sich in ihre Lektüre.

Der Bürgermeister machte ein saures Gesicht. „Aa wennst vermietn tuast, i kriag di no!", drohte er dem Alten. Als er zum Auto ging warf er noch einen übellaunigen Blick auf die Familie Brahmani und schüttelte den Kopf. „Des werd aa für eich no a Nachspui hobn!", drohte er und verließ den Hof mit verletzter Ehre und gewachsenem Zorn, und das war nicht gut. Das wusste auch der Stadlhuber.

Die Retourkutsche

Die Bauarbeiten waren beendet und der Stadlhuber genoss auf seiner Bank die späte Septembersonne. Ruhe war eingekehrt und auch die ersten Gäste, die in Gottes freier Natur die Entspannung suchten, waren schon eingetroffen. Der Stadlhuber war sehr dankbar, dass Entspannung mit viel Ruhe einherging. Seine finanzielle Situation hatte sich zum Guten gewendet und das Annerl konnte nun endlich wieder die guten Sachen einkaufen, die bisher viel zu teuer für sie gewesen waren.

Die Pfeife wurde auch wieder mit einem guten Tabak gestopft. Das Annerl machte einen glücklichen Eindruck. Manchmal summte sie ein kleines Liedchen, während sie die Hausarbeit erledigte. Und abends dann traf sie sich mit dem Doktor. Außerdem hatte sie angefangen, den Frauen in dem Gustl seinem Haus Deutschunterricht zu erteilen. Auch der kleine

Nadir war munter dabei. Oft kam der Farid und half dem Stadlhuber in der Scheune oder auch auf dem Hof – oder er saß einfach mit ihm auf der Bank, so wie es früher der Gustl oft getan hatte. Manches Mal saßen sie dort sogar mit dem Huber Franz zusammen, wenn der gerade mit dem Postauto vorbeikam. Auch die „Entspannungsgäste" kannten den Farid und hatten immer ein freundliches Wort für ihn. So saßen sie gemeinsam auf der Bank, genossen schweigend die Stille und ließen den Herrgott einen guten Mann sein.

Eines Morgens aber kam der Farid ganz aufgeregt zum Stadlhuber. Der war erstaunt, ihn schon so früh zu sehen. „Ja wos machst denn du scho so früh?", wollte er wissen. Er ließ den Farid herein und bot ihm einen Platz und auch einen Tee an, aber der Farid lehnte ab. Der Stadlhuber setzte sich und fragte: „Jetz erzähl erst amoi", munterte er ihn auf. „Mir müsse gehe!", stammelte der Farid. „Bürgermeista will, dass mir alle gehe!" Der Stadlhuber veränderte beim Wort „Bürgermeister" sogleich seine Körperhaltung. „Woas hoaßt: oalle gehe? Wohin soit ihr dann gehe?" Farid sah ihn hilflos an und zuckte mit den Schultern: „Nix weiß." Er reichte dem Stadlhuber einen Brief, in dem er jene Worte, die er schon kannte, unterstrichen hatte, und den Schluss zuließen, dass die Familie das Haus zum 31. Oktober verlassen musste, weil ihr Asylantrag neu geprüft werden solle.

Als der Alte das Schreiben zu Ende gelesen hatte, schnaubte er: „Des wern mia scho sehn", sagte er und stand auf. „Komm Farid, mir ham wos zum erledign, du muasst des Auto ins Dorf farn!" Gerade als sie ins Auto stiegen, kam das Annerl angeradelt. „Wo wollts denn hi?", fragte sie. „Mir ham wos zum erledign. Der Bürgermeister, des Rindviech, des elendige, will die Familie Brahmani aus dem Gustl seim Haus schmeißa!" Das Annerl schaute ungläubig vom Stadlhuber zum Farid, dann gewann sie ihre Fassung wieder. „Um Gotts Willn Vater, mach koan Bledsinn ned! – Wo is eigentlich dei Bix?", wollte sie wissen. „Des is unterm Bett. Du glaubst doch ned, dass i dem a Ladung Schrot aufn Pelz brenn, wenn der lauter Lakain um sich hot!" Das leuchtete dem Annerl ein. „I werd amoi zu den Fraunsleit nauf", ließ sie wissen und stieg wieder auf ihr Radl, um zum Gustl seinem Haus zu fahren. Der Farid gab Gas und so fuhren er und der Stadlhuber zu ihrer Mission ins Dorf.

Beim Rathaus angekommen ging der Stadlhuber mit dem Farid, ohne sich von der Sekre-
tärin aufhalten zu lassen, geradewegs ins Büro
vom Bürgermeister, der gerade mit einer Servi-
ette im Kragen genüsslich eine Weißwurst in-
halierte.

Als er die Ankömmlinge erblickte, da verschluckte er sich und sein Gesicht nahm einen
ungesunden Rotton an. Der Farid nahm das
Glas Weißbier, das den Weißwürsten auf dem
Tisch Gesellschaft leistete und reichte es dem
purpurnen Bürgermeister. Als der wieder zu
Atem kam, sank er kraftlos in seinen Sessel. Allerdings erholte er sich rasch wieder. „Wos wuist dann du do, Stadlhuber, bist narrisch woarn,
mi so zum derschreckn?", brachte er hervor.
„Des konnst dir ned denken?", fragte der Alte.
„Wos is des mit dera Familie Brahmani? Was
hoaßt, de solln weg?"

Der Bürgermeister bekam langsam wieder
Oberwasser. Er lächelte boshaft. „Ah, deswegn
bist kemma. Ja, des is tragisch mit dene Asylanten – wenn ma sie liab gwonna hot, dann müssn
sie scho wida geh." Der Stadlhuber musste sich
arg zusammenreißen. „Wos hoaßt des genau?",
wollte er wissen. „Des hoaßt, dass i no amoi
prüf, ob de wirklich Asyl kriagn derfe oder ned.

Und so lang müasse sie in a Heim." Der Stadl-huber schaute geradewegs in das grinsende Gesicht des Bürgermeisters. „Des is dei Retour-kutschen, oda?", fragte er. „Ja sigst, du bist ja doch gscheit!", stellte der Bürgermeister mit ge-spieltem Erstaunen fest. „Wennst du die Fami-lie Brahmani wirklich nausschmeißn tuast, dann konnst di oba warm oziehn!", warnte der Stadlhuber. Dann drehte er sich auf dem Ab-satz um und zog den Farid eilig am Arm aus dem Gebäude.

Der Bürgermeister beobachtete sie durchs Fenster. „I hob doch gsogt, i kriag di no!", sprach er und wandte sich wieder zufrieden und in bester Laune seiner Brotzeit zu.

Alles wird gut

Wieder zurück holte der Alte erst einmal eine Flasche Schnaps hervor und goss zwei Gläser ein. „Farid, du konnst di auf mi verlassn! I werd scho a Weg findn, damit du und dei Familie do bleibm kennts!" Der Farid guckte besorgt. Er hatte seinen beständig freundlichen Gesichtsausdruck verloren. Den Stadlhuber schmerzte das und er tat, als ob er alles im Griff hätte, dabei hatte er keine Ahnung, was zu tun war.

Der Farid verabschiedete sich und verließ das Haus. Der Alte setzte sich in seinen Sessel und grübelte. Etwas später klopfte es an der Tür und das Fräulein Julia, die für die Frau Kreuzpichler arbeitete und auch Entspannungstrainerin war, trat ein. „Ja, Herr Stadlhuber, was ist denn bloß mit dem Farid los? Er sah so bedrückt aus, als er uns gerade begegnete, und dabei ist er doch sonst immer so fröhlich und unbekümmert!" Der Alte mochte das Fräulein, weil sie immer so freundlich war und sich so arg um andere scherte.

„Ja, der Bürgermoasta möcht den Farid und sei Familie aus m Haus naus werfn! Der sogt, er möcht den Asylantrag noch amoi prüfn und bis des gklärt is, müssens in a Asylantenheim!" Das Fräulein Julia war entsetzt: „Und da kann man gar nichts machen?", fragte sie. Der Stadlhuber zuckte mit den Schultern. „Da werde ich gleich mal die Frau Kreuzpichler anrufen, die hat Beziehungen. Vielleicht kann sie etwas erreichen!" Und sogleich machte Fräulein Julia kehrt um das Gesagte in die Tat umzusetzen.

Der Stadlhuber staunte nicht schlecht, als die Frau Kreuzpichler in Person zwei Stunden später vor ihm stand. „Na, Herr Stadlhuber, was ist denn das für eine irrwitzige Geschichte?", begrüßte sie ihn. Bei einer Tasse Tee – den Selbstgebrannten hatte sie dankend abgelehnt, weil es noch zu früh war – erzählte der Alte ihr in allen Details vom Zusammentreffen mit dem Bürgermeister. Die Frau Kreuzpichler nippte nachdenklich an ihrem Tee.

„Also zuerst muss geprüft werden, ob es rechtens ist, dass während einer erneuten Prüfung des Asylantrags die Familie in einer anderen Unterkunft einquartiert wird, obwohl sie

ebenso gut auch in dem Haus bleiben könnte."
Das klang für den Stadlhuber einleuchtend.
„Ich werde meinen Mann bitten, einen befreundeten Anwalt einmal zu fragen, dann sind wir schon einmal schlauer."

Frau Kreuzpichler erhob sich und bedankte sich für den Tee. Sie wollte schnellstens zurück nach München, denn hier war keine Zeit zu verlieren, denn der Herr Bürgermeister schien ein sehr entschlossener Mann zu sein. „Wir werden das Kind schon schaukeln, Herr Stadlhuber", versuchte sie ihn aufzumuntern. „Grüßen Sie den Farid von mir!", bat sie und entschwand eilig in Richtung Großstadt.

„Mei, die Frau Kreuzpichler is scho a fesche Person", dachte der Stadlhuber bei sich. Erst fand er sie ja ein wenig verrückt, halt so wie alle Stadtleute. Aber er musste sich inzwischen eingestehen, dass sie fei schon das Herz auf dem rechten Fleck hatte. Und seinen Schnaps lobte sie in den höchsten Tönen, wie übrigens auch alle anderen, die an so einem Entspannungsseminar teilnahmen. Einige sagten sogar, dass sie die Tiefenentspannung ohne den Schnaps vom Stadlhuber nicht so wirkunksvoll genießen könnten. Ja, der Stadlhuber hatte wieder Spaß an der Schnapsbrennerei – und dies nicht zuletzt, weil der Farid inzwischen ein recht guter Assistent geworden war.

Am Samstag kamen nun die Kreuzpichlers gleich in Gesellschaft eines anderen Herrn angereist. Der Farid saß mit dem Stadlhuber gerade draußen auf der Bank und ließ sich eine Brezel schmecken, die das Annerl frisch gebacken hatte.

Die Kreuzpichlers kamen gleich auf beide zu und stellten den unbekannten Dritten als ihren Freund und Anwalt vor. Der gab höflich beiden die Hand und fragte gleich nach diesem ominösen Brief, den der Farid vom Bürgermeister bekommen hatte. Der Stadlhuber schickte den Farid heim um den Brief zu holen, und derweil wollten die anderen bei einem Schnaps in der Küche warten.

Der Anwalt pfiff anerkennend durch die Zähne, als er das Glas geleert hatte. „Das nenn ich mal einen Schnaps!", ließ er voller Lob verlauten. „Ich hab dir ja gesagt, der Herr Stadlhuber ist ein Genie!", übertrieb es Frau Kreuzpichler, dennoch fühlte sich der Alte sehr geschmeichelt.

Der Farid kam herein und übergab, aber erst nachdem er sich die Schuhe ausgezogen hatte, was er immer tat, wenn er das Haus betrat, dem

Anwalt den Brief. Der setzte seine Brille auf die Nase und las sehr aufmerksam durch, was der Bürgermeister dort zum Besten gegeben hatte. Dann legte er den Brief auf den Tisch und sagte: „Wie ich schon vermutete! Es gibt für ein Widerrufsverfahren überhaupt keine rechtliche Grundlage. Nur wenn jemand aus der Familie Brahmani straffällig geworden wäre, oder sie schon länger als drei Jahre das Asylrecht in Anspruch nehmen würden, gäbe es einen Grund für so ein Verfahren. In dem Brief des Bürgermeisters werden aber diese Gründe überhaupt nicht genannt. Dieser Brief ist schwammig und ohne jegliche Substanz", schloss er.

Allen am Tisch war die Erleichterung anzumerken, selbst dem Farid, obwohl der von allen anderen am wenigsten verstand. Er schaute von einem zum anderen und fragte: „Wir nix fort?" und der Stadlhuber gab ihm einen aufmunternden Klaps auf die Schulter und antwortete mit einem strahlenden Lächeln: „Na, ihr nix fort, ihr bleibts do!" Und dann waren alle der Meinung, dass sie diese gute Nachricht mit einem weiteren Glas Schnaps begießen sollten. Der Anwalt sah sich die Flasche Schnaps etwas genauer an und sagte dann schmunzelnd an den Stadlhuber gewandt: „Um den Farid mach ich mir keine Sorgen, aber wie sieht's mit

Ihnen aus?", und er stellte die Flasche wieder auf den Tisch. Der Alte wusste, was er meinte und antwortete verschmitzt: „Des liagt ganz in de Händ vom liabn Herrgott!", und dann schenkte er noch ein letztes Mal die Gläser voll.

Die große Mobilmachung

Mit den Erkenntnissen aus dem Gespräch mit dem Anwalt und mit der Unterstützung der Kreuzpichlers und ihrer Entspannungsgäste plante der Stadlhuber eine Überraschung für den Bürgermeister, die der so schnell sicherlich nicht vergessen sollte.

Der Anwalt war so freundlich einen Brief aufzusetzen, in dem er dem Bürgermeister ziemlich deutlich mitteilte, dass für seine Mandanten kein Grund bestünde, das ihnen zugewiesene Haus zu verlassen, geschweige denn, den Sachverhalt ihres Asylantenstatus infrage zu stellen. Der Teil, in dem der Anwalt schrieb, dass seine Mandanten sich rechtliche Schritte vorbehalten würden, der gefiel dem Stadlhuber gleich noch mal so gut. „Stell dir amoi vor, Farid", sagte er zu dem jungen Mann, „du daadst den Bürgermoaster verklogn! Des waar a gfundns Fressn für die Presse!" Und da kam ihm die Idee, das Ganze der Lokalpresse zu stecken, damit es dann dem Bürgermeister so richtig stinken tät. Die Kreuzpichlers fanden die Idee einfach umwerfend und in den folgenden Entspannungsseminaren wurden nun unter anderem große Plakate gestaltet, die auf die Ungerechtigkeit und Willkür der Bürokratie im Falle der „Familie Brahmani" hinwiesen. Auch eine Karikatur vom Herrn Bürgermeister war dabei.

Das Annerl und die Brahmanis unterstützten die Gruppe mit Selbstgebackenem und auch der Doktor kam, um sich nach den Fortschritten der „Revolution", wie er sagte, zu erkundigen. Der Stadlhuber schritt wie der Dirigent eines großen Orchesters durch die Reihen und genoss die Aufmerksamkeit, die ihm entgegengebracht wurde. Die Kreuzpichlers hatten ihrerseits dafür gesorgt, dass auch ein Münchner Journalist zugegen sein würde, wenn der Tag des Widerstandes gekommen war.

Inzwischen kam der Stadlhuber mit seinem Selbstgebrannten kaum noch der Nachfrage hinterher. Kaum ein Kursteilnehmer, der nicht ohne ein, zwei Flascherl des guten Tropfens

nach Hause fuhr und durch den Bekannten-
kreis der Kreuzpichlers hatte er inzwischen einen festen Kundenstamm in München.

Herr Kreuzpichler riet dem Stadlhuber einmal bei einem abendlichen Schluck, dass er das
Ganze doch legalisieren solle, dann könne er
ganz offiziell dafür werben – und sein Konter-
fei auf dem Flaschenetikett würde sich bestimmt auch sehr gut machen. Der Stadlhuber
musste lachen: „Ja, wer werd denn solche Flaschen mit so an oitn Deppen wia mir drauf
kaffa wolln?", frotzelte er. Aber der Herr
Kreuzpichler meinte es ganz ernst. „Überlegen
Sie es sich noch mal", riet er und ließ sich vom
Alten gern ein weiteres Mal einschenken.

Heute war es so weit. Der ganze Hof vom
Stadlhuber stand voller Autos. Alle Kursteilnehmer, die schon mal auf dem Hof gewesen
waren und sich an der Aktion beteiligen wollten, waren angereist. Inklusive des Münchner
Reporters und der Lokalpresse.

Der Bürgermeister hatte schon von dieser
Aktion Wind bekommen, aber er konnte jetzt
keinen Rückzieher mehr machen. Schließlich
hatte er die Räumung ja schriftlich und hochof-
fiziell angekündigt. Und so kam es, dass sich
der Herr Bürgermeister, mit einem nicht sehr

überzeugt wirkenden Leitner Ferdinand als Unterstützung, gefolgt von einem Kleintransporter, plötzlich einer Gruppe von ca. 150 Menschen mit Plakaten und auch der Presse gegenüberfand. Das war der schlimmste Albtraum schlechthin.

Der Bürgermeister forderte nun den Leitner Ferdinand auf etwas zu tun, aber der hatte sich unmerklich vom Bürgermeister entfernt, so dass dieser dem „Mob" ganz allein gegenüberstand.

Die Menge fing an, in Sprechchören für die Familie Brahmani einzutreten. „Freiheit für Familie Brahmani!" oder: „Nieder mit Willkür und Bürokratie!" Der Bürgermeister hätte sich am liebsten umgedreht und schnellstens das Weite gesucht, aber schließlich war er der Bürgermeister.

„Meine liabn Freunde!", versuchte er das Wort zu ergreifen. Die Menge pfiff und buhte ihn aus. „Des is ja oiß a großes Missverständnis! Die Brahmanis solln ja nur aus dem Haus naus, weil des Dach undicht is und des für sie zu gfährlich is!" Die Menge pfiff wieder. Der Reporter aus München ergriff das Wort: „Es liegt unserer Redaktion ein Schreiben des Rathauses vor, nachdem der Asylantenstatus der Familie überprüft werden soll. Welche Gründe liegen dafür vor?"

Der Bürgermeister holte nervös ein Taschentuch aus seinem Hosensäckl und wischte sich den Schweiß von der Stirn. „Des is a Versehen von dem Sachbearbeiter. I hob scho Schritte gegen ihn unternommn, damit so woas ned no amoi passiern ko." Der Münchner Reporter ließ nicht locker. „Aber wenn das alles ein Missverständnis ist, was tun Sie dann heute hier?"

Der Bürgermeister wischte wieder seine Stirn: „Natürlich wollt i vor aller Öffentlichkoat dieses Missverständnis richtig stoin, und wo i wusst, dess hier a so a Versammlung stattfinde tuat, do bin i glei herkimma." In der Menge gab es Gelächter. Der Münchner Reporter stellte eine letzte Frage: „Somit dürfen wir davon ausgehen, dass die Familie Brahmani weiterhin als Asylanten anerkannt sind und sie in dem Haus bleiben können?" Der Bürgermeister lächelte gnädig: „Natürlich derfe se bloabm, so loang sie woin!" Nun klatschten die Leute. Der Bürgermeister atmete auf.

Eine kleine Gasse bildete sich in der Menge und der Stadlhuber kam nach vorn zum Bürgermeister, dem das Lächeln im Gesicht gefror. „I hob do no a Gschenk für di, Bürgermoasta", eröffnete ihm der Alte. Er hob einen Brief hoch, so dass ihn jeder sehen konnte. „Des is a ganz a spezieller Gruß vom Anwoit von dera Familie Brahmani!" Der Alte faltete den Brief auseinander und setzte sich seine Brille auf die Nase. „I les den amoi vor, so dass ihr aa olle wissts, was do drin steht", erklärte er.

Der Bürgermeister wollte es überhaupt nicht wissen, aber mit versteinertem Lächeln hörte er sich an, was der Anwalt schrieb. Zum Schluss stellte der Stadlhuber fest, dass die Brahmanis jederzeit gegen einen solchen Bescheid, der ihren Asylantenstatus infrage stellt, klagen können. Die Masse klatschte euphorisch und der Bürgermeister nahm den Brief vom Stadlhuber kopfnickend entgegen. „Nimm des ois Andenkn!", steckte ihm der Alte und ging zum Farid, um dem in einer heroischen Geste die Hand zu schütteln, was erneut einen aufbrausenden Applaus nach sich zog.

Der Bürgermeister, froh, endlich dieser unerfreulichen und peinlichen Situation entkommen zu können, fiel vor Eile fast über seine eigenen Füße. Der Fahrer des Kleintransporters fragte ihn, ob er noch gebraucht würde, worauf der Bürgermeister nur „schleich di!" zischte. Im Auto fuhr er den Leitner Ferdinand an, ein

nutzloser Trottel zu sein – und mit eingezoge-
nem Kopf fuhr dieser dann seine kostbare
Fracht weit weg von diesem Ort des Grauens.

Hochzeitsglocken

Das Annerl schien heute irgendwie nervös zu sein, denn sie vergaß die Brezeln rechtzeitig aus dem Ofen zu nehmen und den Herd für die Kartoffeln anzuschalten. Der Stadlhuber machte sich Gedanken. „Was is denn mit dir, Annerl, gehts dir net guat?", fragte er besorgt. „Doch Vater, moch dir koane Sorgn ned!", beruhigte sie ihn. Beim Abendessen legte sie drei Gedecke auf. Verwundert erkundigte sich der Alte, wer der Gast denn sei. Das Annerl sagte, dass der Doktor heute kommen wollt. „Der Dokta?", fragte der Alte. „Annerl, bist etwa krank?" „Naa, sei unbsorgt, Vater, i bin ganz gsund."

Draußen fuhr ein Auto vor und kurz darauf öffnete das Annerl dem Doktor die Tür. Sie sprachen leise an der Tür, und wieder konnte der Stadlhuber kein Wort verstehen. Der Stadlhuber, der Heimlichtuerei gar nicht gern mochte, wenn er sie nicht selber machte, räusperte sich und begrüßte seinerseits den Gast. „So, Herr Dokta, hast wieda amoi a Lust auf a warme Mahlzeit?" Der Doktor lachte: „Ja Stadlhuber, do hast mi dawischt! Des Annerl kocht fei so guat." Das Annerl lächelte verlegen und bekam einen roten Kopf. Schließlich setzten sie sich zu Tisch. Während sie aßen, erkundigte sich der Doktor nach der Familie Brahmani und ob der Farid noch etwas vom Bürgermeister gehört hätte. Der Stadlhuber schnaubte: „Na, der sitzt bestimmt noch in a Loch und traut si ned unter d Leit, nachdem er sogar in derer Münchner Zeitung zerrissn wordn is." Der Doktor war sich da nicht so sicher. „Na, wennst di do amoi net täuschen tuast, Stadlhuber! Des werd der dir ned vagessn!" Doch der Alte lachte spitzbübisch in sich hinein. „Hast amoi woas vom Tony ghert?", fragte der Doktor weiter. Dem Stadlhuber war das Thema unangenehm. Er hatte vom Tony nichts gehört außer, dass er in München wohnte und auf sein Urteil wartete. „Na", sagte der Alte und beließ es dabei. Der Doktor begriff und sprach nicht weiter darüber.

Das Annerl brachte drei Gläser und eine Flasche Selbstgebrannten. „Du, Vater", fing sie an, „der Hans hat dir wos zum sogn!" Der Alte tat sehr gespannt. Der Doktor räusperte sich umständlich und fing an: „Stadlhuber, du woaßt, dass des Annerl und i jetzt scho a Zeit lang mitnand ausgen gan." Der Alte hatte schon so eine Ahnung, wo das hinauslaufen würd, aber er schaute den Doktor mit einem unschuldigen Blick an. Der nahm erstmal einen Schluck zu sich. „Des Annerl und i …, des hoaßt, i will di um dei Segn… – Kruzifix no amoi!", verlor der Doktor langsam die Fassung. „Um die Hand vom Annerl und um dein Segn wollt i di bittn!" Das Annerl nahm die Hand vom Doktor, der nun sichtlich erleichtert war, dass es heraus war.

„Ja, i hob scho denkt, des werd nix mehr mit eich zwoa! Wenn des dei Mudda no dalebt hätt, de waar stoiz auf di!" Und eine kleine Melancholie ergriff den Stadlhuber. „So Dokta, jetzt konnst fei Vater zu mir sogn!" Der Doktor lachte und nahm das Annerl in den Arm. Und so stießen sie an auf die Verlobung des Doktors mit dem Annerl, das nun endlich unter der Hauben war. Sie gingen in die gute Stube, wo sie inzwischen nur noch selten saßen, aber dem Anlass gebührte eine passende Umgebung. Der Hochzeitstermin sollte schon der sechste Dezember sein. Vor lauter Freude hörten sie nicht das Auto, das auf den Hof fuhr, und so waren sie einigermaßen überrascht, als es an der Tür klopfte. Das Annerl öffnete und war erstaunt, wer da vor ihr stand. Der Tony war es, aber nicht allein. Das Annerl trat zur Seite, um sie einzulassen und nahm ihre Jacken entgegen.

Der Stadlhuber staunte nicht schlecht, als der Tony in der guten Stube auftauchte und nervös seinen Filzhut in den Händen drehte. „Grüaß di Gott, Vater!", sagte er und blieb unschlüssig in der Tür stehen, als ob er nicht wüsste, ob er willkommen sei. Der Stadlhuber starrte ihn an, als sähe er einen Geist. Der Doktor ergriff die Initiative und bot dem Tony einen Platz an. „Hast dein Gerichtstermin ghabt?", fragte der Alte. „Ja", antwortete der Tony. „Aber i hob bloß a Geldstraf kriagt, weil i sonst no ned auffällig gwesn bin", berichtete er. Der Stadlhuber schenkte dem Tony ein Glas ein und gab ihm einen kumpelhaften Schlag auf die Schulter, denn Gefühle waren nicht des Stadlhubers starke Seite. Aber jeder wusste, wie es gemeint war. Der Tony trank aber nicht. „Do is no wos, Vater", fing er nochmal an. „Du woaßt doch…, de Vroni, de mit dem Kind…" Der Tony rutschte unruhig auf seinem Stuhl hin und her. Der Stadlhuber verlor langsam die Geduld: „Ja jetzt red, oda muass i dir oiß aus der Nasen ziehn?" Der Tony fasste sich ein

Herz: „Des Kind, du woaßt, der Bua, der Flori, oiso, der is von mir!" Der Alte glaubte nicht richtig zu hören. Doch noch bevor der Stadlhuber etwas sagen konnte, da schob das Annerl die Vroni mit dem Buam, die sich nicht hereingewagt hatten, endlich ins Zimmer. Der Stadlhuber traute seinen Augen nicht. „So, Vater, jetzt host de ganze Sippn beinand!", stellte das Annerl fest, und dem war auch nichts mehr hinzuzufügen.

So saßen sie alle in der guten Stube und der Alte hatte den Flori auf dem Schoß und wurde immer vertrauter mit dem Gefühl, Großvater zu sein. Auch die Vroni war eine freundliche Person und es schien, dass der Tony doch nun endlich einen Sinn in seinem unordentlichen Leben gefunden hatte. So hatte der Stadlhuber an diesem Abend einen guten Grund, öfter als sonst in die Scheune zu gehen, um mit seinen Lieben anzustoßen. Da wunderte es ihn nicht, dass die Scheunentür einmal nicht ganz geschlossen war, als er wieder eine neue Flasche holen ging. Er wurde wohl wirklich langsam alt, dachte er bei sich und schloss die Tür gewissenhaft ab. Es war schon längst nach Mitternacht, als sich der Doktor und der Tony mit den Seinen verabschiedeten. Bevor der Tony ging, wandte er sich noch an den Alten. „Du Vater, i glaub, i werd mit der Vroni in München bleibm. I hab do a guate Stell zum obotn kriagt und i konn dort no amoi von vorn ofanga." Der Stadlhuber, der sowieso nicht damit gerechnet hatte, dass der Tony auf den Hof zurückkehren würde, nickte und wünschte ihm viel Glück. Das Annerl brachte noch den Doktor zum Auto und der Stadlhuber blickte zufrieden hinauf in den klaren Sternenhimmel.

A Guatn!

Die Hochzeitsvorbereitungen nahmen ihren Lauf. Der Stadlhuber hatte eigentlich wenig damit zu tun, musste aber gewisse Unannehmlichkeiten in Kauf nehmen, da das Annerl nicht immer rechtzeitig zu Hause war um zu kochen, und so gab es manchmal erst abends etwas Warmes, und den Tag über musste der Alte sich mit einer Brotzeit begnügen. Als der Farid einmal kam, da wunderte der sich schon, dass der Alte nur mit einer Brezn und einer Maß Bier in der Küche saß. „Wo Annerl?", fragte Farid. Der Stadlhuber versuchte ihm zu erklären, dass das Annerl viel zu tun hatte wegen ihrer Hochzeit. Der Farid schien zu verstehen. „Annerl nix kochen, dann Stadlhuber mit Farid esse." Der Alte blickte ihn erstaunt an. „Du moanst, dass i bei eich essn tua? Ja, wenn des so is, dann kumm i gern!" Der Farid verabschiedete sich, um zu Hause Bescheid zu sagen, dass sie heute Abend einen Gast hätten.

Als das Annerl am Abend heim kam, da traf sie den Stadlhuber im frischen Hemd und in sauberen Hosen an. „Ja Vater, für wos host du di denn so rausputzt?", wollte sie wissen. Der Alte eröffnete ihr etwas wichtigtuerisch, dass sie für ihn heut nicht zu kochen bräucht, da er zum Essen eingeladen wär. Das Annerl wunderte sich – doch noch bevor sie fragen konnte, da klopfte es an der Tür und der Farid erschien. „Grüß Gott Annerl!", sagte er im perfekten Bayerisch und sie erwiderte seinen Gruß. Der Stadlhuber wollte noch eine Flasche Selbstgebrannten als Gastgeschenk mitnehmen, doch das Annerl nahm ihm die Flasche wieder aus der Hand. „Des koannst fei net mitnehma", wandte sie ein. „Do, nimm an Teller Brezn mit, des derfa de essn!" Der Alte nickte und nahm den Teller. „Hast scho recht, Annerl, des scharfe Zeig is nix für dene eanare Weiberleit!" Der Farid rief dem Annerl noch ein „Pfirti!" zu und verschwand mit dem Stadlhuber in der Dunkelheit.

Der Alte war ein wenig unsicher, was ihn dort erwarten würde. „Farid, du muasst scho sogn, wenn i wos foisch mach!", forderte er den jungen Mann auf. Der Farid, der inzwischen schon viel mehr verstand als ihm lieb war, beruhigte den Alten. „Stadlhuber Gast, kann nix foisch macha", erklärte er. So gingen sie zum hell erleuchteten Haus vom Gustl, wo ihnen an der Eingangstür sämtliche aromatische Gerüche des Orients einladend engegenströmten. Der Farid zog seine Schuhe aus und der Stadlhuber machte sich mühevoll an den seinen zu schaffen. Der Farid stoppte ihn. „Stadlhuber nix ohne Schua!" Der Alte war dankbar. Das Anziehen von Schuhen war allmählich für ihn eine rechte Qual geworden. Die Knochen waren halt nicht mehr so biegsam.

Die Frauen, die in der Küche noch werkelten, nahmen dankend den Teller mit den Brezn entgegen und nickten dem Stadlhuber freundlich zu. Als sie ins Wohnzimmer eintraten war der Stadlhuber von der Fülle an Gerichten überwältigt. Einiges erkannte er, anderes wiederum war ihm völlig fremd. Er wurde vom Farid zu seinem Platz geführt, wo ein Teller für ihn stand und Messer und Gabel lagen. Um den Tisch herum lagen Matratzen mit bunten Tüchern übereinander, so dass man in einer angenehmen Höhe am Tisch sitzen, sich aber auch gleichzeitig gemütlich tummeln konnte. Der

Stadlhuber hatte so seine Bedenken, ob er dort jemals wieder aus eigener Kraft aufstehen konnte, aber überraschenderweise waren die Matratzen recht fest, so dass man sie mit der Polsterung eines guten Sofas vergleichen konnte.

Der Farid beobachtete den Alten mit einem breiten Lächeln im Gesicht. Als der Stadlhuber endlich saß, kamen die Frauen herein und brachten noch mehr Speisen. Sie platzierten sie geschickt auf dem Tisch – und als endlich noch der kleine Nadir seinen Platz eingenommen hatte konnten sie beginnen. Die Brahmanis murmelten etwas, was wohl eine Art kurzes Gebet war und der Stadlhuber, der da nicht zurückstehen wollte, wünschte allen „A Guatn!" So fing die Mahlzeit an.

Immer wieder musste der Stadlhuber auf Empfehlung aller nachnehmen und alles probieren. Der Farid beobachtete den Stadlhuber sehr genau. Wenn dem dann mal etwas im Hals schief saß, schenkte der Farid gleich etwas zu trinken nach. Im Gegensatz zum Stadlhuber nahmen die Brahmanis zum Essen nur die Hand, und zwar die rechte. Das war auch gar nicht schwer, denn außer dem Reisgericht war alles mit der Hand sehr gut zu greifen. Der kleine Nadir zeigte dem Alten, was besonders gut schmeckte und wenn der Stadlhuber das Gesicht verzog, weil es zu scharf oder zu heiß war, lachte Nadir und die anderen stimmten ein.

Der Stadlhuber fühlte sich immer wohler und erzählte von der Zeit, als der Gustl noch lebte und es den Bauern hier noch gut ging. Als das Essen beendet war, gab es noch einen Tee. Der war nicht so süß, wie der Stadlhuber dachte. Er roch zwar gut nach Gewürzen, aber schmeckte doch nicht zu stark danach. Zum Schluss gab es noch eine süße Nachspeise, die zwar nicht unbedingt der Geschmacksrichtung vom Stadlhuber entsprach, die er aber aus Höflichkeit über sich ergehen ließ.

Nach drei Stunden kam der Stadlhuber, in Begleitung vom Farid, wieder nach Hause. Sie verabschiedeten sich voneinander und der Farid bot ihm an, solange zu ihnen zum Essen kommen zu dürfen, bis das Annerl wieder kochen würde. Das hörte der Alte gern. Waren die Speisen dort zwar fleischlos und auch etwas anders, als er es kannte zubereitet, und hielt man dort auch nicht viel von Besteck, so war es doch ein sehr interessanter und nahrhafter Abend gewesen. „Vergelts Gott, Farid", antwortete der Stadlhuber dankbar und der Farid machte sich wieder auf den Heimweg.

Das Annerl saß amüsiert am Küchentisch und sah, wie der Alte sich zufrieden über den Bauch strich. „So, des is scheints a ganz a gelungener Abnd gwesn", stellte sie fest. Der Alte setzte sich zu ihr und nahm erst einmal eine kräftige Prise vom Schnupftabak. „Sei so guat, Annerl und schenk mir omoi a Glasl Schnaps ei, für d Verdauung!" Das Annerl tat, wie ihr geheißen.

Nachdem er das Glas geleert hatte, erzählte er dem Annerl von den fremden Gewürzen und Gebräuchen und außerdem von der überwältigenden Gastfreundschaft der Brahmanis. „Und deine Brezn, do san de ganz varückt drauf! Des war fei a guate Idee, de du do ghabt host. Do scheint dene eana Allah nix dagegn zum hom", lobte der Stadlhuber das Annerl, was selten genug vorkam.

Das Annerl beschloss, gleich morgen noch einen Vorrat an Brezn zu backen, damit der Stadlhuber auch für die nächsten Male etwas zum Mitbringen hatte, denn nun brauchte sie ja kein schlechtes Gewissen mehr zu haben, wenn sie es nicht schaffte für ihn zu kochen. Verhungern würde der Vater jedenfalls nicht.

Die Anzeige

Gerade als die Uhr zur neunten Stunde schlug hörte das Annerl ein Auto vorfahren. In der Annahme, dass es vielleicht der Doktor sei, öffnete sie erfreut die Tür, aber staunte nicht schlecht, als der Bürgermeister in Begleitung vom Leitner Ferdinand vor ihr stand.

„Grüß di Gott, Annerl", grüßte der Bürgermeister mit falscher Freundlichkeit. Der Stadlhuber, dem die Stimme wohl bekannt war, tauchte nun auch in der Tür auf. „Wos willst denn du do? Muass i di erst wieda vom Hof schmeißn?", fragte der Alte drohend. Der Bürgermeister drehte sich zum Leitner Ferdinand um, der im Hintergrund stand und verlegen auf seine Schuhe blickte. „Oiso, sogs eam scho!", stachelte der Bürgermeister den Leitner Ferdinand ungeduldig an. Dem war fei gar nicht wohl in seiner Haut, das konnte man ihm deutlich anmerken. Der Bürgermeister machte ihm Zeichen, dass er näherkommen solle. Der Leitner Ferdinand nahm seine Dienstmütze ab, räusperte sich und sagte: „Also, uns liegt da eine anonyme Anzeige gegen dich vor, wegen der unerlaubten Nutzung einer Destillieranlage und wegen Hinterziehung der Branntweinsteuer." Der Stadlhuber hätte mit allem gerechnet, nur nicht damit. Doch noch bevor er Worte der Verteidigung finden konnte, flötete der Bürgermeister mit unverhohlener Schadenfreude: „Jetzt gehts ab in den Knast, Stadlhuber, jetzt bist a gmeiner Stroaftäter!", frohlockte er. Wieder räusperte sich der Leitner Ferdinand: „Eigentlich is des mehr eine Ordnungswidrigkeit..." „Papperlapapp!", schnitt der Bürgermeister ihm das Wort ab. „Straftäter bleibt Straftäter und ghört ins Gfängnis! Fotos gibts aa! Kannst ja scho amoi dein Koffer packn!"

Jetzt wurde es dem Stadlhuber aber doch zu bunt. Mit einem großen Schritt war er beim Bürgermeister, packte ihn am Schlafittchen und schüttelte ihn durch wie einen trüben Saft. Der Bürgermeister schrie um Hilfe und das Annerl sowie der Leitner Ferdinand versuchten den Stadlhuber vom Bürgermeister zu trennen. Als das mühsam gelungen war, fasste sich der Bürgermeister an den Hals und brachte mit heiserer Stimme hervor: „Jetzt kommt aa no a tätlicha Angriff mit Tötungsabsicht dazua!" – „Du Lump, du elendiger", schäumte der Alte, „du warst des also, der gestern Abnd in mei Scheune eibrocha is!" „Einbrecha war gar ned nötig, hast die Tür ja selbst aufglassn!", lachte der Bürgermeister heiser. Der Stadlhuber wollte gleich noch einmal auf ihn losgehen, doch diesmal war der Bürgermeister schneller und suchte mit raschem Schritt Schutz im Polizeiauto.

Der Leitner Ferdinand zog seine Uniform glatt und sagte versöhnlich: „Ich werd dich zu den Vorwürfen noch befragen müssen, aber da komme ich besser morgen allein wieder." Er verabschiedete sich und fuhr mit dem Bürgermeister im Auto wieder ins Dorf zurück. „I habs gwusst, dass des amoi a schlimms Ende nehma tuat, mit deiner Brennerei!", stellte das Annerl fest. Der Stadlhuber wollte nichts mehr davon wissen. Er ging schweigend ins Schlafzimmer und legte sich in sein Bett. Wie konnte er aus dieser verflixten Sache bloß wieder rauskommen, grübelte er. Doch für alles gibt es ja bekanntlich eine Lösung – und auch in diesem Fall ließ diese nicht lange auf sich warten.

Die Vernehmung

Am nächsten Morgen kam, wie schon angekündigt, der Leitner Ferdinand zur Befragung. Der Stadlhuber saß noch beim Frühstück
und das Annerl brühte grad einen frischen Kaffee auf. „Do setzt di hi!", forderte das Annerl
den Leitner Ferdinand auf. „Mogst an Kaffee
mittrinka?" „Dank dir Annerl, gern!", antwortete der Staatsdiener dankbar, dem bei dem Gedanken, den Stadlhuber noch befragen zu müssen nicht ganz wohl in seiner Haut war. Zumal
er selbst ja auch zum Kundenstamm des „Ver-
dächtigen" gehörte.

Der Alte ignorierte den ungebetenen Gast.
Das Annerl stellte dem Leitner Ferdinand den
Kaffee hin und forderte den Stadlhuber auf,
sich endlich zusammenzureißen, denn schließlich war es nicht dem Leitner Ferdinand seine
Schuld, sondern die vom Stadlhuber ganz allein. Das Annerl hatte sich, seit sie verlobt war,

einen raueren Ton angewöhnt, der dem Alten deutlich missfiel. Allerdings musste er zugeben, dass sie nicht ganz unrecht hatte. Also räusperte er sich und fragte den Leitner Ferdinand: „Wo hast denn heit dein Zwilling glassn?", womit er den Herrn Bürgermeister meinte.

Der Leitner Ferdinand stellte die Tasse, aus der er gerade getrunken hatte auf den Tisch. „Schau, Stadlhuber, du kannst mir glauben, dass mir das genauso unangenehm ist, wie dir. Ich reiße mich nicht drum, dich zu befragen, aber wenn ich es nicht tu, dann wird der Bürgermeister dafür sorgen, dass des größere Kreise zieht, und dann kann ich nichts mehr für dich tun." Das sah der Alte ein. „Und wos wuist jetz wissn?", fragte er ihn. Der Leitner Ferdinand sah dem Stadlhuber fest ins Auge: „Befindet sich bei dir in der Scheune eine Destillieranlage?" „Ja, des woaßt du doch oder woher glaubst, hob i den Schnaps, den du von mir immer für dei Mudda kriagst?", antwortete der Stadlhuber erstaunt. Der Leitner Ferdinand räusperte sich verlegen: „Das interessiert jetzt grad nicht", wiegelte er ab. „Nutzt du die Anlage um eine größere Menge Schnaps zu brennen?", fuhr er fort. „Was soll denn die Frag – natürlich brenn i mit dera Anlag Schnaps, wos soll i sonst damit macha, etwa di Wäsch waschn?" Der Leitner schrieb etwas auf einem Formular nieder. „Von wem hast du die Anlage bekommen?", bohrte er weiter nach. „Ja, is denn des so wichtig?", wollte der Stadlhuber wissen. „Natürlich!", entgegnete der Leitner Ferdinand.

Nun wurde der Alte hellhörig. „Schau", begann der Leitner Ferdinand seine Erklärung, „wenn du die Branntweinsteuer hinterzogen hast, dann will der Zoll sicher auch wissen, von wem du die Anlage gekauft hast, um zu prüfen, ob auch von demjenigen schon Steuern hinterzogen worden sind, da sind die oft sehr genau!" Der Stadlhuber grinste diebisch. „Des hoaßt, wenns mi am Arsch kriang wegn dera Brennereigschicht, dann hams aa den am Arsch, der mir des Ding vakaft hot?" Der Leitner Ferdinand nickte. Allerdings meinte er auch, dass es nicht zwangsläufig so kommen müsse, aber häufig der Fall wäre, denn bei Steuerhinterziehung, da kennt der Staat kein Pardon. „Recht so!", lobte der Stadlhuber und stellte zwei Gläser auf den Tisch.

Obwohl der Leitner Ferdinand abwehrte, da er ja im Dienst sei, schenkte der Stadlhuber trotzdem ein und schob dem Gast ein Glas zu. „Mogst ned mit mir aufn Staat trinka?", fragte er. Da ließ sich der Staatsdiener nicht lange bitten, da es ja für eine gute Sache war. Er willigte ein und nahm noch ein weiteres Glas, denn auf einem Bein kann man ja bekanntlich nicht stehen.

Der Stadlhuber wollte am nächsten Tag zum Polizeirevier kommen und bat darum, dass auch der Bürgermeister anwesend sein sollte. Der Leitner Ferdinand sah darin keine Notwendigkeit, aber stellte sich auch nicht gegen diesen ungewöhnlichen Wunsch. „Frag du mi nur des Gleiche wia heit. Besonders über den Vakäufer von dera Anlag!" Der Staatsdiener wunderte sich zwar, versprach aber es zu tun und fragte, bevor er sich auf den Weg machte, noch nach einer Flasche mit der guten Kräutermischung. Der Alte rieb sich die Hände. Das versprach morgen eine Riesengaudi zu werden.

Die Blamage

Am nächsten Morgen war der Stadlhuber schon sehr früh wach. Er konnte nicht mehr im Bett liegen bleiben und saß schon um sechs Uhr früh am Küchentisch. Das Annerl staunte nicht schlecht, als sie eine Stunde später in die Küche kam und den Alten so früh und rausgeputzt in der Küche antraf.

„Was machst denn du scho in aller Herrgottsfrüh?", wollte sie wissen. Der Stadlhuber sagte, dass er es kaum erwarten könne zum Polizeirevier zu fahren, um seine Aussage noch einmal zu machen. Das Annerl schaute ihn erstaunt an. „Warum host denn wolln, dass der Bürgermoasta do is?", fragte sie neugierig. Der Stadlhuber lächelte geheimnisvoll. „Des werst glei erfarn", gab er zur Antwort.

So fuhren sie gemeinsam ins Dorf, wo das Annerl noch Besorgungen machen musste und der Stadlhuber endlich zum Polizeirevier durfte. Dort saß er dem Leitner Ferdinand gegenüber und so warteten sie gemeinsam auf den Bürgermeister, der später kam, weil er noch durch einen dringenden Termin aufgehalten worden war.

Als er etwas außer Atem endlich bei ihnen ankam, war der Bürgermeister gleich durch den Anblick des „reuigen Sünders", als den er den Stadlhuber sah, recht fröhlich gestimmt. Er nahm sich einen Stuhl und setzte sich zum Leitner Ferdinand an die Seite. „So, jetzt willst oiß soagn?", fragte der Bürgermeister wichtigtuerisch. „Ja, jetzt soi oiß rauskemma!", bestätigte der Stadlhuber. Der Leitner Ferdinand spannte den Bogen eines Formulars in die Schreibmaschine und fing an, dem Alten genau dieselben Fragen zu stellen, die er ihm schon gestern gestellt hatte. Der Stadlhuber beantwortete alle Fragen mit aufrichtiger Ehrlichkeit. Als jedoch die Frage nach dem Vorbesitzer der Destillieranlage gestellt wurde, da zögerte der Alte. Der Bürgermeister mischte sich gleich ein und meinte, dass es keinen Grund gebe jemanden zu decken. Dadurch mache sich der Stadlhuber nur noch mehr schuldig. Der Alte nickte und meinte, dass der Herr Bürgermeister ja wohl recht hätte. Dieser schaute mit triumphierendem Blick zuerst den Stadlhuber, dann den

Leitner Ferdinand an. Er konnte gar nicht glauben, dass er es geschafft hatte, den Widerstand dieses störrischen Zeitgenossen gebrochen zu haben. Mit versöhnlicher Stimme fragte er den Stadlhuber noch mal: „Na, nun sag scho. Es soll dei Schadn net sei!", versprach er und nickte dem Leitner Ferdinand mit einer Geste der Großzügigkeit zu. „Na guat, des hat dann wohl koan Sinn ned", kapitulierte der Stadlhuber gespielt. Der Leitner Ferdinand fragte nun: „Also gut. Wie war jetzt der Name des Vorbesitzers?" „Hieronimus Weidinger", antwortete der Alte wahrheitsgetreu.

Der Leitner hörte schon nach dem Vornamen auf weiterzuschreiben. Er warf dem Bürgermeister einen fragenden Blick zu. Dieser war, was selten genug vorkam, sprachlos und starrte den Stadlhuber ungläubig an. Doch plötzlich kehrte das Leben wieder in ihn zurück und mit einer ganzen Lawine von Schimpfwörtern stürzte er sich auf den Alten, der sich noch gerade mit einem eleganten Sprung zur Seite retten konnte. Um Schlimmeres zu verhindern, stellte sich der Leitner Ferdinand zwischen die beiden und versuchte den Bürgermeister zu beruhigen. Der giftete: „Du Lump, du verdammter, du willst nur unsern guatn Namen beschmutzn!" Der Stadlhuber verteidigte sich:

„Dei Vater hat mir die Anlag verkaft, wegen deiner Kandidatur zum Bürgermoaster. A Schwarzbrennerei in der Familie waar fei ned guat, für dei Zukunft!" Der Bürgermeister beruhigte sich langsam. Beide setzten sich wieder auf ihre Stühle.

Der Leitner Ferdinand wollte nun einen Kaffee trinken gehen und so den beiden Parteien die Möglichkeit geben, diese Geschichte erst einmal unter sich zu klären. Da saßen sie nun. Der Stadlhuber, der es geschafft hatte, wieder einmal den Bürgermeister hochzunehmen, und der Bürgermeister, der fassungslos und resigniert auf seinem Stuhl hockte, so dass er dem Alten fast schon wieder leid tat.

„Wos willst jetz macha?", ergriff der Stadlhuber das Wort. Der Bürgermeister zuckte mit den Schultern. „Wenn i di Anzeige zrück nimm,… daadst dann dicht hoitn drüba, woher du de Anlag host?" Der Stadlhuber erklärte sich einverstanden und so war der Bürgermeister erleichtert. Denn für die nächste Bürgermeisterwahl konnte er so eine Geschichte nicht gebrauchen. „Weißt, Stadlhuber, du bist scho a Kreiz im Arsch, aber i muass sogn, du bist a würdiger Gegner!" Als der Leitner Ferdinand zurückkam, da hörte er das Lachen der beiden schon auf dem Flur. „Na, es scheint hier ja wohl eine Einigung gegeben zu haben", stellte er fest. Die beiden bestätigten das und verließen die Polizeiwache, um ihre Vereinbahrung im Dorfkrug sofort alkoholisch zu besiegeln. Der Leitner Ferdinand schüttelte lächelnd den Kopf, zog das Formular aus der Schreibmaschine und zerriss es in kleine Fetzen. Für ihn war der Fall damit erledigt.

Auf gute Feindschaft

Der große Tag war endlich da. Das Annerl stand in ihrem Hochzeitskleid und der Küchenschürze darüber am Herd und richtete das Frühstück. Der Stadlhuber hatte angezogen, was das Annerl ihm herausgelegt hatte. Der Alte hatte noch etwas, was er ihr schenken wollte und legte es vor das Annerl auf den Küchentisch. Das Annerl schaute erstaunt. „Wos is des, Vater?", fragte sie überrascht. „Machs hoit auf", schlug der Alte vor. In dem Kästchen war eine Kette mit einem Kreuz daran. „Des is aber schee, Vater!" Der Stadlhuber räusperte sich. „De hot amoi deiner Muadda ghört. Des wär bstimmt in ihrem Sinne, wenn du sie kriagst!" „Dank dir schee, Vater", sagte das Annerl und stand auf, um sich mit der Kette im Spiegel zu betrachten.

Der Tony wollte kommen und sie alle in die Kirche fahren. Der Farid durfte den VW-Bus nehmen, denn natürlich durften die Brahmanis bei diesem Familienfest nicht fehlen. So machte sich die ganze bunte Gesellschaft auf, um zur rechten Zeit im Dorf anzukommen.

Die Kirche war mit Blumen geschmückt und der Doktor begrüßte sie bei der Ankunft. Das Annerl nahm es nicht so genau mit dem Brauch, dass der Bräutigam die Braut im Brautkleid erst am Altar das erste Mal sehen durfte. Der Doktor nahm das Annerl glücklich in den Arm und flüsterte ihr etwas ins Ohr. Sie lächelte ihn an und gab ihm einen Kuss. „Na, jetzt is aber guat!", ermahnte sie der Stadlhuber, der vom langen Herumstehen im Kalten schon genug hatte. „Gehts ihr amoi scho in d Kirch und i bring des Annerl dann nei, wenns an der Zeit is!" Das taten sie dann auch.

Der Doktor führte die Brahmanis in die Kirche und wies ihnen die Plätze in den Reihen zu, in denen üblicherweise die Familienangehörigen Platz nahmen. Darauf hatte der Stadlhuber bestanden. Die Leute schauten zwar ein bisschen erstaunt, doch das war ja auch kein Wunder. Auch wenn die Brahmani-Frauen heute anstelle der schwarzen Burka eine bläuliche trugen, wirkte ihre Anwesenheit in einer katholischen Kirche doch etwas sonderbar.

Der Herr Pfarrer kam zum Stadlhuber, der das Annerl fest am Arm hatte und meinte, dass es jetzt Zeit wäre – und mit feierlichem Schritt zu knarzigen Tönen der alten Orgel gingen sie gemeinsam in die kleine Dorfkirche.

Als die Zeremonie begann, da musste sich der Alte doch die eine oder andere Träne verdrücken. Der Farid klopfte ihm ab und zu, ganz zart, zur Beruhigung auf die Schulter. Der Alte war für diese freundliche Geste sehr dankbar, obwohl er es ja sonst eigentlich nicht so mit Gefühlen hatte. Dann war es geschafft, und das Annerl unter der Haube.

Die Feier sollte im großen Festsaal vom Dorfkrug stattfinden, weil da die meisten Leute hineinpassten. Denn man durfte ja nicht vergessen, dass jeder im Ort den Doktor kannte – und auch der Doktor kannte jeden: mal von außen, und mal von innen. Und so feierte das ganze Dorf mit den Brautleuten. Das Annerl hatte extra darauf geachtet, dass es neben fleischigen Gerichten auch viel Gemüse gab, so dass die Brahmanis auch etwas zu essen hatten. Natürlich durften auch die Brezn nicht fehlen.

Die Brahmanis saßen mit dem Stadlhuber und dem Tony mit seinem Anhang am Tisch und ließen es sich schmecken. Sie benutzten diesmal auch die Gabel, um die Gastgeber nicht zu beleidigen. Nur der kleine Nadir aß mit den Fingern und es dauerte nicht lange, bis auch der Flori es ihm nachtat. Beide waren fast im selben Alter und nachdem sie gegessen hatten, sprangen sie vom Tisch auf und rannten zwischen den Hochzeitsgästen herum.

Der Stadlhuber schenkte seinen Schnaps aus und stieß mit den anderen an. „Sigst, Farid", sagte er, „es hat si doch oiß zum Bestn draad und wenn du dei Arbeitsalaubnis kriagst, dann nimm i di als Gehilfen." Der Farid schaute ihn fragend an. „Du machn Gschäft?", fragte er. „Ja, der Kreuzpichler, der Anwoit, der hot mir erzählt, was do zu toa is, damit ma mit dem Schnaps a richtigs Geschäft macht, ohne dass i ins Gfängnis kimm! Und dann pappn mir auf jede Flaschn a Bild von mir und dei Kräutermischung gebn mir dein Namen! Na, was sogst?", wollte der Alte wissen. „Ja, Pfirti!", stieß der Farid freudig aus, weil ihm so schnell nichts anderes einfiel. „So is recht!", freute sich der Alte, und stieß mit ihm auf ein gutes Gelingen an.

Die Musik setzte aus und jemand ergriff das Mikrophon. „Oans, zwoa, kennts ihr mi hearn?", erschallte die Stimme des Bürgermeisters laut in dem Saal. „Was will denn der scho wieda?", brummte der Stadlhuber. „Liabes Hochzoitspar, liabe Hochzeitsgäste, i mecht di Glegnheiat ergreifen, und dem frisch vermählten Paar ois Guate wünschn." Er drehte sich um und nahm einen großen, rechteckigen Gegenstand, der in Geschenkpapier eingewickelt war zur Hand und ergriff erneut das Wort: „Es ist mir a groaße Ehre, eich liabes Brautpaar, im Namen der Gemeinde Pfirstätten dieses Gschenk zu überreichn, um no amoi deutlich zu moacha, wie wichtig ihr uns seid. Oiß Guate!" Damit übergab er das Geschenk an den Doktor und das Annerl und schüttelte ihnen die Hand. Natürlich ließ er sich dabei fotografieren und grinste schweinsäugig in die Kamera. Der Stadlhuber musste lächeln. „So a Depp", dachte er bei sich.

Die Brautleute entfernten das Geschenkpapier und hielten einen Druck von Pfirstätten in der Hand, gerahmt. In der Art, wie man ihn auch im Souvenirladen käuflich erstehen konnte. Sie bedankten sich beim Herrn Bürgermeister, der abwinkte, „is ja nur a Kleinikeit", womit er wirklich einmal recht hatte.

Der Bürgermeister ging zum Tresen, um sich nun endlich ein Weißbier zu bestellen. Da stand er nun und wischte sich immer wieder mit dem Taschentuch über die schwitzende Stirn. Der Stadlhuber gesellte sich zu ihm: „Na Bürgermoasta, hast di in Unkostn gstürzt", frotzelte er. „Was host gegn a schöns Bild von unsrer Gemeinde?", konterte der angriffslustig. „Außerdem is des gar ned so einfach was zum finden, wenn d Leit scho oiß habm." Da musste der Stadlhuber ihm zustimmen. Vielleicht hatte das Annerl nicht viel, aber der Doktor war bestens ausgestattet.

Die beiden Männer hockten sich auf eine freie Bank. „Bist jetz fei guat Freind mit deine Nachbarn?", fragte der Bürgermeister mit einem Kopfnicken auf die Familie Brahmani deutend „A Wunder, wia di sich do aklimatisiert habm!" „Ja, des is zwar a ganz a andre Kultur, aber oans habm mir gemeinsam: Mir wolla alle in Friadn mitanand auskumma", entgegnete der Stadlhuber.

Der Bürgermeister nickte. „Apropos Friedn – mir san uns jetzt aa guat, oder?", wollte er wissen. „Wennst mir net in di Quere kummst, dann ja", ließ der Alte wissen. „Was heißt in di Quere?", wollte der Bürgermeister wissen. „Na, wennst net versuachst mir mein Hof zum nehma, bloß wegn dera Straß!" Der Bürgermeister winkte ab: „Do brauchst dir fei koane Gedankn mehr macha. De Straß is gstrichn und des Gewerbegebiet is obblosn!" Der Stadlhuber war überrascht. „Wie kommt jetz des?", wollte er wissen. „Ja, der Investor, der hat koa Geld mehr. Der hat sich ins Ausland obgsetzt, wegn der Steier!", bedauerte der Bürgermeister. Der Stadlhuber nickte: „Ja, die Steier, die kennt koi Gnade ned" Beide tranken einen großen Schluck Weißbier.

„Was is denn jetzt mit deine Mieter?", fragte der Bürgermeister neugierig. „Du woaßt, dass du des ogebn muasst, wenn du vermietn tuast!", fügte er belehrend hinzu. „Kümmer du di um dein Schmarrn und i mi um den mein, dann kummst mir aa net in die Quere!", brummte der Stadlhuber. „Und der Verkauf von deim Schnaps, der verstößt aa gegens Gesetz, wie du ja woaßt! Du host doch ned vor, dein Schnaps no weiter zum brenna, Stadlhuber?", hakte der Bürgermeister misstrauisch nach. Der Stadlhuber nahm eine Prise Schnupftabak und antwortete mit seinem spitzbübischen Grinsen: „Ja, mit dera Anlag von deim Vater werd i no a reicher Mo!" Die Farbe wich dem Bürgermeister aus dem Gesicht, um dann in ein zorniges Rot zu wechseln.

Die Musikkapelle spielte das „Trompetenecho" in voller Lautstärke und verschluckte so die bösen Worte, die hinten im Saal zwischen dem Bürgermeister und dem Stadlhuber hin- und hergingen.

Und so wurde es dann auch für jeden noch ein stimmungsvolles Fest.

Danksagung

Dieses Buch hätte ohne die Hilfe der Lektorin Birgit Borbe, oder der Unterstützung der niederbayerischen Künstlerin Barbara Lexa, die eigene Kreationen des bayerischen Dialekts meinerseits, erfolgreich zu verhindern wusste, nicht geschrieben werden können.
Meinen Dank auch an meine Freundin Denise im Iran und meiner Tochter Nele, die sich bereitwillig als Model für das Buchcover zur Verfügung stellte.

Über tredition

Der tredition Verlag wurde 2006 in Hamburg gegründet. Seitdem hat tredition Hunderte von Büchern veröffentlicht. Autoren können in wenigen leichten Schritten print-Books, e-Books und audio-Books publizieren. Der Verlag hat das Ziel, die beste und fairste Veröffentlichungsmöglichkeit für Autoren zu bieten.

tredition wurde mit der Erkenntnis gegründet, dass nur etwa jedes 200. bei Verlagen eingereichte Manuskript veröffentlicht wird. Dabei hat jedes Buch seinen Markt, also seine Leser. tredition sorgt dafür, dass für jedes Buch die Leserschaft auch erreicht wird

Autoren können das einzigartige Literatur-Netzwerk von tredition nutzen. Hier bieten zahlreiche Literatur-Partner (das sind Lektoren, Übersetzer, Hörbuchsprecher und Illustratoren) ihre Dienstleistung an, um Manuskripte zu verbessern oder die Vielfalt zu erhöhen. Autoren vereinbaren unabhängig von tredition mit Literatur-Partnern die Konditionen ihrer Zusammenarbeit und können gemeinsam am Erfolg des Buches partizipieren.

Das gesamte Verlagsprogramm von tredition ist bei allen stationären Buchhandlungen und Online-Buchhändlern wie z. B. Amazon erhältlich. e-Books stehen bei den führenden Online-Portalen (z. B. i-Bookstore von Apple) zum Verkauf.

Seit 2009 bietet tredition sein Verlagskonzept auch als sogenanntes "White-Label" an. Das bedeutet, dass andere Personen oder Institutionen risikofrei und unkompliziert selbst zum Herausgeber von Büchern und Buchreihen unter eigener Marke werden können.

Mittlerweile zählen zahlreiche renommierte Unternehmen, Zeitschriften-, Zeitungs- und Buchverlage, Universitäten, Forschungseinrichtungen, Unternehmensberatungen zu den Kunden von tredition. Unter www.tredition-corporate.de bietet tredition vielfältige weitere Verlagsleistungen speziell für Geschäftskunden an.

tredition wurde mit mehreren Innovationspreisen ausgezeichnet, u. a. Webfuture Award und Innovationspreis der Buch-Digitale.

tredition ist Mitglied im Börsenverein des Deutschen Buchhandels.

Zeitfracht Medien GmbH
Ferdinand-Jühlke-Straße 7
99095 Erfurt, Deutschland
produktsicherheit@kolibri360.de